U0754880

短篇經典文庫

李洱

六短篇

李洱 著

海豚出版社

图书在版编目（CIP）数据

李洱六短篇 / 李洱著. —北京：海豚出版社，2014.6（2024.4重印）

（短篇经典文库）

ISBN 978-7-5110-2091-8

Ⅰ.①李… Ⅱ.①李… Ⅲ.①短篇小说–小说集–中国–当代 Ⅳ.①I247.7

中国版本图书馆CIP数据核字（2014）第114175号

总发行人：王　磊
策　　划：林建法
责任编辑：慕君黎
美术编辑：吴光前
责任印制：蔡　丽

出　　版：海豚出版社
地　　址：北京市西城区百万庄大街24号
邮　　编：100037
电　　话：010-68325006（销售）　010-68996147（总编室）
印　　刷：涿州市荣升新创印刷有限公司
经　　销：全国新华书店及各大网络书店
开　　本：32 开（680毫米×950毫米）
印　　张：6.625
字　　数：81 千
版　　次：2014 年 10 月第 1 版，2024年4月第3次印刷
标准书号：ISBN 978-7-5110-2091-8
定　　价：42.00 元

目　录

喑哑的声音

每个星期六，孙良都要到朋友费边家里去玩。费边家的客厅很大，就像一个公共场所，朋友们常在那里聚会。他们在那里闲聊、争吵或者玩牌，有时候这三者同时进行。赌资不大。打麻将的话，庄家自摸，顶多能赢个五六十块钱。朋友们都是脑力劳动者，赢钱不是他们的目的。费边的邻居小刘，在公安上做事，他也常来费边家串门，而且每回都能赢。孙良他们一开始对小刘存有戒心，后来看到他也是个有趣的人，并且能带来许多有趣的话题，就把他也当成了朋友。他们说话的时候，小刘很少插话，他不关心那些知识界的事。可小刘一说话，他们就不吭声了，小刘是行刑队的副队长，他讲的许多事，只有低级小说里才有。这帮朋友不屑于看低级小说，可他们愿意听小刘讲那种故事。

这个冬天的星期六，下午五点多钟，孙良穿上大衣，围上他那条鼠灰色的围巾，就出门了。在家属院的门口，他看见几个妇女围着一个卖芹菜的老人在说着什么。他往跟前凑了凑，想看看她们究竟在干什么。他的妻子也在那里，她手里已经有了一把芹菜，但她似乎还没有回家的打算。这是他的第二任妻子，她刚从澳大利亚回来，好像无法适应这里的气候，所以她穿得比那些女人都要厚一些。她把芹菜递给孙良，孙良接过芹菜，又上了楼，把它送回了家，然后他就从家属院的后门走掉了。他手里有后门的钥匙，这是个秘密，连看门的师傅都不知道。

他赶到费边家的时候，已经将近七点钟了，主要是在街上吃烩面耽误了一些时间。还好，这一天，别的朋友来得比较晚，他没有耽误谈话，也没有误掉牌局。费边刚吃过饭，正钻在书房里，在电脑上打着一首诗。费边告诉孙良那不是他自己写的，而是一个叫曼德尔斯塔姆的俄国诗人写的。费边有这个习惯。他喜欢把他读到的好诗打到电脑上，然后整理成册。他对孙良说，他现在并没有荒废诗艺，还在抽空写诗。"你看这诗有多好，好像是我自己写的一样。"费边说着，就朗诵了起来：真的能颂扬一位死去的女人？她已疏远，已被束缚，异样的力量强暴地将她掳走，带向一座滚烫的坟墓。

　　"好诗，"孙良说，"给我打印一份出来，我回家再慢慢欣赏。"费边正在打印的时候，又有一个朋友进来了，费边就又打了一份。他们一人拿着一份诗稿，坐在桌前，等着凑够四个人。费边说他之所以觉得这首诗好，是因为他以前也真心地爱过一个女人，可她后来死去了。孙良和另外那个朋友就默不作声了，以示哀悼，其实孙良知道费边所爱的那个女人并没有死去。费边一直爱着他的前妻，而他的前妻却嫁给了别人，他现在其实是在咒她。

等了很久，还是没有别人来。那个朋友就走了。他刚走，小刘就来了，但还是凑不够一桌。小刘看见桌上扔着一份诗稿，就拿了起来。他看了两行，就把它扔到了桌上。他说，他其实可以把儿子叫过来顶替一阵，他的上小学的儿子打麻将是一个天才。他说，这就跟学棋一样，学得越早，打得越好。费边忙说算了，不能让孩子学坏了。就在这个时候，费边的同事来串门了，他说他不会打牌，小刘说，只要坐下来，没有学不会的。后来，他们才知道此人是个高手，漫不经心地就把他们赢了。

真是一物降一物，小刘这次怎么打都不顺手，只要他坐庄，那个人肯定自摸。小刘平时赢惯了，没见过这种阵势。他不停地讲着他知道的那些低级故事，想以此转移那个人的注意力。费边的那个同事，大概也猜出了小刘的心思，就不愿再赢了。小刘以为是自己的讲述奏效了，就一个接一个地讲下去。后来，他就提到了最近发生的一个案子：郑州的一个小伙子打电话给济州交通电台爱情热线的主持人，说自己遇到了一个好女孩，他已经让女孩怀孕了，可他突然发现女孩又爱上了别人，他问主持人，下一步该怎么办。主持人说，你先要搞清楚，对方是不是真的变心了，在搞清楚之前，不要随便瞎猜疑。主持人还说，你一定要相信对方，去和对方心平气和地交谈一次，再打电话过来，共同商量个办法。小刘说，那个小伙子去和姑娘谈了，姑娘说她确实爱上了别人，小伙子就给主持人打了一个电话，可是电话一直占线，小伙子一急，就把那个姑娘杀了。杀了之后，他把责任推到了那个主持人身上。说到这里，小刘又和了一把。

孙良是济州人，对和老家有关的事，他有着一种天然的兴趣。小刘说他也喜欢听那个主持人的节目，说着，他就把费边的收音机打开了。他调试了一会儿，接着他们就都听到她的声音了。她的声音有点疲惫，好像还有点伤感。这时候，小刘又和了，他随手关掉了收音机。他的妻子给他打了传呼，让他回去，再干扰他们已经没有必要了。事情似乎就这样过去了。这一天，孙良没输也没赢。

这一年的十一月底，孙良应邀到济州讲学。他的一个大学同学刚当上济州师院的教务主任，想在校长面前显示一下自己的能力，托孙良在郑州联系几个名人到那里讲讲课。已经有两个人去讲过了，他们回来说，济州发展得很快，都快超过郑州了。还说，那里的师生虽然笨一点，但求知欲很强，很崇拜有真才实学的人，让人很感动。"你的老家还是很有希望的。"那两个人对他说。现在轮到孙良自己去了，他想借此机会亲身感受一下故乡的变化，同时也看望一下自己的伯父。他在上海上大学的时候，伯父到杭州出差，曾专门拐到上海看过他，还给他留下了五十块钱。当时，那五十块钱可不是个小数目，够他花上两个月的。

坐着老同学派来的林肯牌轿车，走高

速公路，用不了两个小时就可以到达济州。进入济州境内，他的眼睛就望着窗外，看公路边的那些麦苗、沟渠和麦地里的农人。农人们在清除地里的杂草，当他们伸起腰来的时候，几只乌鸦就飞了起来。看到这种情景，孙良有点激动。他想下车到麦地里走一走，和他们说几句话，听听乌鸦翅膀扇动的声音。可一想到麦地里的那些湿泥会把他的皮鞋和白色的袜子搞脏，他就放弃了这个打算。再说了，高速公路上也不准随便停车啊，他想。

他在济州讲了两天课。既然师生们喜欢听那些热门话题，他就向他们介绍了已接近尾声的人文精神大讨论。他讲的时候很动情，讲完之后，有许多学生围上来要求签名，购买他带来的自己的论文集。为了减轻学生们的经济负担，他按半价卖给了他们。不过，他给老同学的那一百本，可是按原价给的，因为那是给学校图书馆的。他问这一百本要不要签名，老同学说你省点力气吧，前面那两个人我也没让签。孙良说不签也好，我的手都签酸了。

讲完课的当天晚上，他的老同学来到他下榻的济州宾馆的三二四房间，说院长明天请他吃饭，并交代他见到院长该说些什么，"我们的高院长其实是个政客，现在还兼着副市长，此人喜欢附庸风雅。"孙良说："你放心好了，我不会给你丢脸的，我知道怎么对付这种鸟人。"

房间里剩下他一个人的时候，他把下午卖书的钱整理了一下。漂亮，一共有一千五百多块钱的收入呢。他将"请高院长斧正孙良"几个字反复练了几遍，然后把它们写到了书的扉页上。忙完这个，他就到楼下的小院子里散步。这里处于闹市区，周围的嘈杂更衬托出了这里的幽静。据说中央的领导人每次来济州视察，也都是住在这里。那些低矮的仿古建筑，在清冷的月光下，确有某种迷人之处。它们仿佛和历史沟通了起来，并和现实保持着距离。他看到这里的一些女服务员也很漂亮，她们说的不是济州话，而是标准的普通话。他倒很想听听济州话从那些漂亮姑娘口中说出来是什么样子。有一句话说得好，乡音就是回忆的力量。

一个女服务员也在外面散步，她耳边举着一个小收音机。她走过他身边的时候，孙良闻到她身上有一种泡泡糖似的香味，他还听到了一种比较耳熟的声音。服务员听得很入迷，没有注意到孙良跟在她的身后。后来，她在一株悬铃木旁边停了下来，抱着那个小收音机，小声地哭了起来。

回到房间，孙良一直想着他在悬铃木树下看到的那一幕。他基本上看清了那个女孩的脸，看不清也不要紧，在一群女孩当中，他保证能把她挑出来，因为哭过的女孩子，眼睛会像小兔子那样发红。他相信自己能够把她带到房间里来，抚慰一番她那伤感的心灵。是啊，来济州仅仅是讲讲课，确实有点太单调了。

在对付女人方面，孙良虽然说不上是个

高手，但也屡有斩获。孙良知道自己的性格中有某种轻松的东西，很讨女人喜欢。过了三十五岁之后，他感到自己的外貌、气质发生了一些变化，那种轻松的东西依然存在，但又加入了一些新的内容——主要是沉稳，以及沉稳中蕴藏的某种难以捉摸的因素。沉稳有沉稳的优势，能给女人一种可依赖感；难以捉摸也有它的好处，能增加诱惑力。他确实有过不少艳遇，对这一点，孙良不像一般人那样抵赖。他乐意把其中的一些故事说给朋友们听。他很会剪裁，故事中比较困难的那一部分，在讲述的时候，他都顺便略去了。他不愿给生活抹黑，不愿让大家对生活失去信心。他想，作为一个理想主义者，起码应该让朋友们感到生活是简单而有趣的。

他又走出了房间，这一次他没有到院子里去，他只是挨着楼梯去找那个听收音机的女孩。他尽量做出一副悠闲的样子，在楼梯上走上走下。他手指间夹着一支烟，可他并不点着，因为楼道里铺着地毯。后来，他看到二楼的服务台有一个小收音机在独自响着。他在那里默默站了一会儿，顺便用放在服务台上的一把指甲刀，修剪了一下指甲。再后来，他就把那个小收音机带回房间。当然，在带走之前，他在那里留下了一张条子。上面写着：我想听听新闻，把收音机带到了三二四房间。他本来还想说明自己是高副市长的客人，但一想到那样做有点庸俗，就免掉了。

当女服务员来到他的房间的时候，他已经给电台的那个女主持人打通了电话。他捂住话筒，很有礼貌地问服务员，这个收音机能不能借给他用两天。说着，他掏出一张印有领袖头的钞票放到了一边的茶几上。他不想让那个女孩子有被污辱的感觉，所以他又捂住话筒说，"钱先拿去吧，我明天会给你作出解释的。"接着，他就听到自己对着话筒又说了起来。那是一种深思熟虑的即兴表达，当然其中要有一些必不可少的间歇。在这陌生的故乡，星光在窗外闪烁。他斜躺在床上，边听边讲。他慢慢讲得流利了起来，他感到自己的声音，从容而优雅，寂寞而自由。

后来，当他放下话筒的时候，他借助停留在耳边的声音，在脑子里描绘着那个女人的形象。他想起不久前在费边家里的那场牌局，想起小刘的讲述。他现在似乎有点明白了，讲课是次要的，是这个女人在冥冥之中促成了他的故乡之行。

"这大概是一次轻松而迷人的猎艳。"他想。一想到她将要被他斩获，他又觉得那个女人真的是有点不幸，他都有点可怜她了。这么想着，他取出了几粒速效利眠宁，用温开水灌了下去。他拉开窗帘，凝望了一会儿星空，呼吸了几口新鲜空气。接着，他就感到睡意如期而至了。

第二天一大早，他就到了济水公园，在一个儿童滑梯前的长椅上坐了下来。他刚好把椅背上用油漆喷成的卡通画挡住了。他随手翻阅着别人留在长椅上的过期的电影时报。在等待中，他将报缝也看了一下，那上面有医药广告，还有电影预告。预告的日期表明，电影还没有在济州上映。他不时抬头看一下门口。很少有人进来，偶尔进来一个，也是上了年纪的人。那些像我这样的闲人大概都还没有睡醒呢，他想。他看着脚下干枯草皮上的白霜，看久了，他的眼睛就有点发虚，有那么一会儿，他竟然将地上的一个纸团当成了一只鸟。

那个女人迟到了二十三分钟。一看到她走进那个门，他就知道那就是她。他站了起来，向她摇了摇手中的那份报纸，但他并没有上前迎接她，只是她走近的时候，他才往前走了两步。

公园里的人渐渐多了起来，那些越老活得越认真的人们，扯起电线，拧开录音机，练起了气功。他们只好另找个地方。他们过了一座小桥，绕过了一座假山，终于又找到了一个长椅。在他们走向那个长椅的时候，孙良对昨天晚上说过的话已经作了必要的补充。他说，他是应高市长的邀请来济州讲学的，今天上午还得去应付高市长的饭局，所以他只好这么早就请她来。"我在郑州就听说了那件不幸的事，当时我就想，我要找个机会来济州一趟，见见你。这种话是无法在热线电话里讲的，只好说，我有要事和你商量。我为我假称是你的朋友而向你道歉。"

他这么说话的时候，那个女人一直不吭声。女人不时抬手捂一下自己的圆顶软帽。河边确实有风，那风凉嗖嗖的。孙良趁机将衣领竖了起来。

他继续说："当然，我本人也不时遇到一些麻烦，很想找你谈一谈。是些什么麻烦，一时又说不清楚。我还想告诉你，所有这些都无法促使我直接去拨打那个热线电话。我或许应该非常坦率地对你说一件事。你想听听吗？"

她第一次开口了，说："反正我已经来了，你就尽管说好了。"这么说着，她第一次露出了笑容。

"昨天晚上，我在济州宾馆看到一个

女服务员，她一边听你的声音，一边流泪，后来，她却破涕为笑了。我是个人文知识分子，关心的是人的心智的发展和人的情感世界。哦，你的帽子被风吹歪了。我关心的问题可以说与你相近。你得告诉我，你究竟是用什么魔力，使一个人顿悟的。"

一辆临时改装成小垃圾车的剪草车从他们身边驶过，扬起了一阵尘土。一个卖芝麻糖的小贩走到了他们的身边，很响地敲了一下招徕顾客的小铜锣。就是这一声锣响，使她又笑了起来。她说："我小时候，听见这锣响，就忍不住要舔嘴唇，现在这毛病好像还没有改掉。"

他反对她吃那种东西，说不干净，对她美丽的牙齿也没有好处，但他还是给她买了两串。在她的要求下，他也吃了一点。看着对方用舌尖舔着嘴唇上粘的芝麻，两个人都乐了。然后，他们又默默地吃着那东西，都吃得很慢。后来，他们就像熟人那样并肩而行了。他们边走边谈，显得很轻松。吃完那两串芝麻糖，女人从小皮包里取出了饭店里用的那种湿巾，递给他擦手。接着，他就又看到那个小包在她好看的身段上飘来荡去了。孙良将湿巾扔进垃圾桶的时候，向着河面做出了一个凌空欲飞的姿势。她也做了这样一个动作。河水有点发黑，河面上有许多塑料袋，被水泡黑的树枝，有一截伸出了水面，上面落着一只鸟。孙良现在觉得这一切都很美丽，很神秘。看得出来，她似乎也有这种感觉。

　　这个公园离济州宾馆不远。他们几乎是不由自主地朝那个方向走去了。进到那个幽静的院子，她说她来过这个地方。她第一次提起了她的丈夫，说她的丈夫经常在这里开会，有时一开就是半个月。"不过，我只来过两次。第二次来，是要对丈夫说，他那瘫痪的父亲又不幸地得了脑血栓。"

　　上到二楼的时候，孙良看到了那个服务员。不过他没有跟她打招呼。他们径直来到了房间里。孙良把窗帘拉开了一半，让阳光照进来。他给她削了一个苹果。她咬了一口，有点顽皮地说，她更想吃只广柑。他就给她切了一只柑子。他自己也切了一只。有那么一个瞬间，吃广柑的两个人都没说话。他扔给了她一本书，说那是自己几年前写的。她想把它装进那个小包，但小包盛不下。他跑到服务台要了个小塑料袋。

这时候，电话响了。是孙良的那个老同学打来的。孙良说他不想去赴高市长的饭局了。"和当官的在一起吃饭，每次都得喝酒，你大概还不知道，我已经戒酒了。"

女人说自己该走了。她说她的真名叫邓林。"这个名字起得好。"孙良说，"夸父追日，弃其杖，化为邓林。你是神话中的植物呢。"他没有挽留她，但他替她开门的时候，他又穿上了外套。他提醒她应该将上衣的扣子全都系好。"外面的风好像大了一点。"他说。他是怎么离开饭店的，他已经想不起来了。夜里九点多钟，他被电话吵醒了。是他的那个老同学打来的。老同学对他说："孙良，我们的院长今天非常高兴。他也喝醉了，可他一醒了酒，就提起了你，说你很够意思。他现在信了，我的朋友都很够意思。"孙良想开口说点什么，但他的胃突然翻腾了一下，有一些东西很快就跑到了他的嗓子眼。他只好把电话放到一边，到卫生间吐了一阵。当他用手纸擦着那根散发着酸臭味的食指回到电话旁边的时候，他的同学还在电话里讲着什么呢。

这一天的后半夜，他又吐了一次。吐过之后，就再也睡不着了。他想，他吃的那些利眠宁大概也被吐了出来。他想起他的妻子在出国之前，每次见他喝醉，总是默默地在他身边坐下，看着他吐出来的那堆秽物发呆。他数了一下，妻子这次回来以后，他只喝醉过三次，加上这一次，一共才四次。

需要往胃里填点东西了，因为他听到了肚子的叫声。他用小刀将一个柑子切成了几瓣，悄悄地吃着，同时注意着胃的反应。他听到了自己的嘴巴发出的吸溜汁液的声音，偶尔也能听到胃里发出一种类似于气泡破裂的声音。每当这个时候，他就半张着嘴巴，悉心地捕捉那种气泡的声音，想着那里还会有什么动静。那只柑子吃完之后，他用邓林留下的湿巾擦了擦嘴巴。

他想，要不要再跟邓林联系一下呢？如果就此拉倒的话，他很快就会把这个女人忘掉，甚至会想不起来他曾和她有过一次美妙的散步。一个人没有记忆，就像一个人没有影子。但又怎么联系呢？她晚上才上班，而打那个热线电话，就会占用别人打电话的时间。他又想起了小刘讲过的那个杀人的事件。那真是个不幸的事件，愿那个女人安息，愿那个小伙子的灵魂早日得救。

天亮的时候，他想再到济水公园走一走。可他刚走出幽静的院子，就遇上了邓林。邓林对他说，昨天，她回去的时候，把他的那本书和她的那个小包丢在出租车上了。她请他原谅。

"你知道，济州堵车很厉害的。我急着

赶回去，就提前下了车。我没走多远，车流就疏通了。可我发现包没有了。我的脑子一定出了点问题，这段时间我一直有点丢三落四的。"

她一口气说了那么多。他吸着烟，微笑地听她讲着。这个在电台的播音室里口齿伶俐的女人，现在是多么笨拙啊，可他喜欢她的这种笨拙。这么想着，他自己的嘴巴也突然变笨了。他对她说："我其实比你还笨，昨天，我本来应该送你回去的。"这一句话，他是磕磕巴巴讲完的。他也照样喜欢自己此时的磕磕巴巴。他再次觉得这一切都是多么新鲜迷人啊。

房间已经被服务员整理过，一些新鲜的水果又放到盘子里，服务员好像料到他会很快回来似的，把广柑给他切成了几瓣。可他对她们这一项周到的服务并不高兴。他自己动手给邓林又切了一个。可她就让他那样递着，不去接。过了片刻，她说："你看我的手有多脏。"她摊开她的手让他看。那手一点都不脏。她又让他看她的手背。他看见她的指甲是透明的，上面并没有像一般女孩子那样涂上蔻丹一类的东西。这好像就是他们抱到一起之前的全部细节。

当他们重新坐起来的时候，她很快就跑进卫生间去了。他听见了一阵水声。她重新出来以后，却不看他，而是盯着窗户看着。"刚才你关窗户了吗？"她有点胆怯但又很着急地问他。

"这太不应该了，"她又说，泪珠在她的眼圈里打转，"你现在一定会觉得我是一个不好的女人，一定是这样的。我没说错吧。你说，我说错了吗？"孙良不知道该怎样安慰她。他只能走到她的身边，把手搭在她的肩上，他的手还顺着她的胳膊往下移了一点。刚才，他看见那里有一个种牛痘留下的小斑。"幸亏我还没有孩子，"她说，"否则我真不知道怎样去看孩子的眼睛。"有那么一段时间，他短暂地离开了她，为的是把窗帘拉开，让微弱的阳光照进来。窗外有一株悬铃木，那些荔枝似的果穗悬挂在那里，把阳光搞得非常零碎。"幸好你马上就要走了。"她说。说这话的时候，她仰起脸看了他一下。她的眼里已经没有了泪水。她把她的头抵在他的胸部下面，而且抵得更紧了。她的几根头发好像和他的扣子缠到了一起，他小心地把扣子解开了，以免她突然站起来时，把发丝拉断。

他在济州待了三天。第三天，他本来想去城外看望一下伯父，可他到车站的时候，却上了开往郑州的汽车。车在济州市兜了一个圈子，使他有机会看了一下济州的变化，但那些变化并没有在他心底留下什么痕迹。他只是想，车怎么还没有开出去啊。

回到郑州，孙良就又回到了他原来的状态。他的妻子没过多久就又去了澳大利亚。送妻子走的那一天，他有一种永别的感觉。想到上次也是这样，这种感觉就淡了许多，但从机场回来，他还是给妻子写了一封信。信中的话也是他多次说过的。他讲他之所以不愿和她一起走，是因为他是一个靠文字生活的人，他无法想象离开了母语，会是什么样子。当天晚上，他打完牌回到家里，又接着把那封信写完了，但写的时候，他的感觉有了一点变化。他想，他或许真的应该离开这个鬼地方，离开那些朋友，到那个四周都是海蓝色的国度。"那些辽阔的牧场啊。"他这样感慨了一声，随手把这句话写了进去。他看了看，觉得它放在那里有点别扭，就把这一页揉到了纸篓里。两个星期之后，他就把邓林给忘了。只是看到墙角堆放的那些变少的论文集，他才会想起他的济州之行。他模模糊糊地想起了他去济州的路上看到的那些麦田和麦田上的乌鸦。在记忆中，那些情景都很有诗意。他给晚报写了一篇文章，谈到正是那些鸟引起了他对日益消失的田园的怀念。写这篇文章的时候，他又有点激动，字迹难免有点潦草，定稿时有些字连他自己都认不出来了。因为写这篇文章，他的一些记忆被激活了。在那些惊飞而起的鸟的背后，邓林出现了。他随之想起了许多细节，包括邓林胳膊上的那个牛痘疤。这一天，他去参加一个座谈会。会上会下，他发现自己总是不由自主地要把他看到的每一个女人拿来和邓林比一下。他想起了邓林在做爱之后的那种羞怯的表情和她的忏悔。当时，他觉得那种忏悔有点好笑，现在他却不这样看了。他想，如果你觉得可笑，那你就是在嘲笑真正的生活，嘲笑人的尊严。我当时笑她了吗？吃饭的时候，他坐在一个角落里，一边对付一块牛排，一边问自己。他想自己其实并没有笑她，在她说话的时候，他正盯着悬铃木那灰白的枝条和暗红色的果球发愣呢。

费边这天也在。当他跑到他的这张桌子旁边，说他怎样吃不惯牛排的时候，孙良说："你吃过悬铃木的果球吗？"话一出口，他就感到自己的话有点莫名其妙。费边说他没有吃过，也不打算吃，据他所知，那东西没有什么用处。孙良很想跟费边谈他在济州遇到的邓林，可费边离开了。下午接着开会的时候，他和费边坐到了一排，他正要开口，突然觉得不知道该从何讲起。这件事隐藏在他的胸口，似乎很重，他感到自己有点承受不住了。他到楼梯口站了一会儿，又觉得有点轻飘飘的，就像微醉之后的眩晕。

当天下午，他没有等到吃那顿晚餐，就走了。他坐的是一辆破旧的长途客车。在高速公路上，车坏了一次，好久没有修好。他对售票员说，他不要求退票，但请她帮他再拦一辆车。他的说法遭到了别的旅客的反对，他们说，要是修不好，票都得退掉，不能因为一个人坏掉了规矩。他只好在那里等下去。天已经黑了，他接过一个旅客的手电筒，帮修车的司机照着。他还往天空照了照，灯柱一直延伸得很远。人们都等得很着急，为了让人们不生气，他还用手电照了照自己的脸。这是他小时候常玩的把戏，手电从下巴往上照，那张脸就显得非常好玩。"真他妈滑稽啊。"果然有人这么说。他想起有一次，几个朋友在一起为南方的一本杂志搞人文精神对话，晚上喝酒的时候，一个人喝醉了。有人在饭店门口用手电照了照星空，那个喝醉的人立即要顺着那个光柱往上爬。拿手电的人把灯光一灭，那个人就像从树上掉下来了似的，一头栽到了地上。他想，等我见到了邓林，我要把这个笑话给她讲一讲。

一直到九点多钟，他才到达济州。他来到了济州宾馆，可门卫不让他进去，说这里正接待一个会议，不接纳别的客人。他看了看他住过的那间房，那里并没有亮灯，有许多房间都没有亮灯。他想大概是他的衣服太脏了，门卫把他看成了胡闹的民工。他后悔自己当初不该往车下面钻。我怎么那么傻啊，售票员都懒得钻，我干吗要进去呢？

他在济水公园斜对面的一个小旅店住了下来。房间里没有电话。他也不想给她打电话，他想给她一个惊喜，但认真地洗漱完了之后，他还是到门口的一个小卖部去了一下，那里有一个公用电话。可他怎么也打不进去。小卖部的那个人把电话拿了起来，交给了别人。"人的心灵是多么粗糙啊。"孙良想。他站在小卖部外面，生了一会儿气，又向另一个小卖部走去了。他刚刷过牙，本来不想抽烟的，可他一进去，就买了一包烟，并对卖烟的人说，先不要急着找钱。后来，他发现自己来到了交通电台的门口。有一个女人从里面走了出来，带着他熟悉的那种圆顶帽子。从身高上看，她显然不是邓林，可他还是差点喊出邓林两个字。他理过发了，那件她熟悉的外套也留在了旅馆里，他担心她出来的时候，一下子认不出他来，所以他尽量往有灯光的地方站。

第二天下午，他终于和她取得了联系。她告诉他现在没法出来。"要过元旦了，我们正在准备一台节目，很忙。"她在电话里对他说。他没吭声。过了一会儿，她又改口了，说，要见也只能见一面。她以为他又住到了济州宾馆，说，她派人将一张票送到济州宾馆的门卫那里，他可以拿着票进来。"如果别人问起来，你就说，你是司机，送人来审查节目的。"他还听见她抽空和别人开玩笑："都是你把我害的，谁叫你让我主持这玩意儿呢，不管是什么人都向我要票。"那个男人说了点什么，引得她笑了起来。孙良想，那是个什么鸟男人呢？他立即难受起来，对她甚至有点憎恨。

　　他去了，从打印出来的节目单上看出来，这是一场和部分听众联欢的节目的预演，邓林是节目主持人之一。到场的人并不多，可有第三个人在场，孙良都会觉得人有点太多了。邓林穿着白纱裙，他周围的人都说，那身打扮不错。可孙良觉得一点都不好。他不想看到她这种公众形象。到场的那些人基本上都是电台的职工和家属，他是从身边人的谈话中听出来的。"正式演出的时候，也不能让那些傻帽儿听众来得太多，否则的话，很可能会闹出点什么乱子来的。"他听见一个人说。现在我就想闹出点乱子，孙良想。

孙良出去了，在演播厅外面吸着烟。抽了两支烟之后，邓林也出来了。她并不叫他，径直朝楼道走去。他连忙跟了过去。她果然在三楼的楼梯上等着他。那里有两个工人在扯着电线。邓林和他们打了个招呼。她平时大概从来没有搭理过他们，所以他们一下子有点反应不过来。她又和他打了个招呼，说："你也是出来取东西的吗？"他感到这实在是好笑，但他还是说，是的，我要取一份贵重东西。

"你怎么能把它称作东西？"她突然说，同时还在往上走着。

他没有答话。他的脑子还来不及产生另外的念头，只有刚才那个念头在他的脑子里嗡嗡响着——我想闹出点乱子来。

这个楼只有五层，否则，他们可能会一直这样走下去。走到头的时候，她说："你现在就走，一分钟也不要耽搁。"她吻了他。因为彼此的慌乱，有一次，她竟然吻到了他的耳朵上，在那里留下月牙似的一圈口红。"他也坐在下面。"她说。他知道她说的是她丈夫。她拒绝他吻她，因为她脸上的浓妆，一吻就是个牛痘似的疤痕。他是多么想吻一下那个牛痘疤啊，那是让他悸动的私人生活，可它现在却牢牢地隐藏在给众人看的白纱裙下面。她用手擦了擦他的耳朵，让他从另一个楼梯口绕下去。

一个抱着手风琴的男人走在他的前面，边走边拉着。他跟着他走到一楼演播厅的门口。那扇门把手风琴的声音挡住了，但他还是听到了一些声音。先是邓林那标准的主持人的声音，然后是一阵打击乐。他在门外站了一会儿，但他没能从那喧嚣的鼓点中听出来什么节奏。

以后每隔两三个星期，他们就会见一次面。如果是她来郑州，她就会住一个晚上（也只能住一个晚上，因为她的节目一星期要播三次）。她不住他家，她每次都先在附近的一个旅馆里安顿好，再打电话让他去。

只有一次是个例外，那是在临近春节的时候，那个小旅馆里住满了人，她只好在他这里住了下来。可那天，他们几乎没有怎么睡，他们先在街上漫无目的地走了很久，然后回到他家里，默默地吃着从街上带回来的快餐。孙良吃得很认真，把菜叶上凝结的浮油抖掉之后，再填到肚子里。她说她正在减肥，不能多吃，但她喜欢看着他吃。她问他最近写了什么文章，她想带回去看看。他说好长时间没写了，不是没东西可写，而是觉得自己写下的每一句话，别人都写过了。说这话的时候，他抬头看了看那顶到天花板的书架。"如果你想看什么书，你就从上面拿好了。"她的手在膝盖上拍了两下，坐在那里没动。她好像被地板上的什么东西吸引住了，那是一封信，是他写给妻子的信。他对她说，那信虽然很短，但抄它还是费了一些时间，因为他想把字写得尽量工整一些，漂亮一些。他说，他的妻子也喜欢看他的字，那是她和祖国唯一的联系。

有一年冬天，一个星期六的午后，他正在午睡，突然被她的电话吵醒了。她说她现在就在郑州，让他到奥斯卡饭店附近的那个公园里去见她。他在新买的市区交通图上查了一阵，才搞清楚那个奥斯卡饭店就是以前的中原酒家。那里距他的住处并不远，他还有时间把脸、头发收拾一下。刮胡子的时候，他一不小心把耳垂刮了一下。他小心地在那里涂着药水，突然发现有几根白发支棱在鬓角。

　　她已经在公园里面等着他了。正对着门口，是一个用冬青树修剪成熊猫形状的盆景，远看上去，就像一幅卡通画。她就站在那里，一些暗红色的落叶在她身边拂动着。他们边走边聊，后来不知道怎么就聊到了她的丈夫。她说，这次她是和丈夫一起来的，她的丈夫正在宾馆里开会。"他常来这里开会，接见别人，或受别人接见。"她谈到自己并不厌恶丈夫，尽管他从未让她感到幸福，但也从来没有给她带来过什么痛苦。

他们继续走着。她谈到她的那些听众非常可爱，也非常可怜，因为他们从来听不到她真正的声音。"只有你是个例外。"她说。他纠正她说，不是可怜，而是可爱。他们这时候真的看到了许多可爱的人。那是些孩子，他们在一个滑梯上爬上爬下。像往常一样，在散漫的交谈中，有什么最紧要的话题好像随时要跳到他们之间。他们踩着悬铃木暗红色的果球，绕过了一个小树林，在金水河边坐了下来。她把脸埋到双膝之间，小声地哭了起来。那声音跟她平时说话的声音一样暗哑。他想象着能用什么办法来安慰她。他对她说，他真是在爱她，但这似乎并不顶用。是的，如果她现在明白无误地对他说，她也深爱着他，那又顶什么用呢？如果现在是他哭了起来，她又会怎样安慰他呢？于是，他又想象着自己哭起来，会是什么样子。好在天黑之前，还有一段时间可以让他想象，所以他并没有感到事情过于棘手。

　　周围的灯光慢慢亮了，在他们面前，是金水河黝亮而细碎的波纹。

儿女情长

　　在超市自动电梯的入口，丁琳又发火了。她想让我陪她逛下去，一直逛下去，而我却只想找个地方坐下。我说，等你选好了东西，就给我打电话，我去帮你拎包。她说，我还等你付账呢。钱包不是在你手上吗？我话音没落，她的脸就涨红了。看得出来，她想压住那团火，但终归还是没有压住。结婚前你可不是这样，我走到哪里，你都屁颠颠地跟着，一会儿买个冰淇淋，一会儿买个泡泡糖。说着说着，她的嗓门儿就提高了。电梯上有人扭回头看我，我只好躲避那些目光。离电梯不远的地方，新开了个麦当劳快餐店。有两个女孩坐在玻璃门旁边，嘴里各叼着一根吸管。其中一个头发染成了金黄色，看上去就像一只火鸡；另外的一个，头发乌黑，朝一边梳着，怎么看都像乌鸦的一只翅膀。乌鸦站起来的时候，我发现她圆圆的膝盖有些发青。外面正在下雨，隔着玻璃门，你可以看见人们踮着脚在水洼中行走。一张铝合金制成的广告牌上，用隶书写着"郑州的明天，东方芝加哥"，一个骑摩托的男人此时正栽倒在广告牌的水洼中，头盔在泥浆中翻滚。我想，这个女孩或许也刚刚摔过一跤。够了，丁琳说，真他妈没劲。她的声音从很远的地方飘了过来。等我回过神来，丁琳已经快要升到电梯的顶端了。

你不上来，那就有你的好果子吃了，丁琳说。她随手拿起货架上的一只网球，朝自己的肚子拍了拍。我当然明白她的意思。两周前，她带着旅游团在桂林游览时，曾给我打过一个电话。当时我正在赶写一篇小说，脑子转不过来弯，她连说了两遍，我才明白她的意思：早上起来，她打开电视，看到播放的美国尿片广告，突然想到自己已经两个月没来例假了，好像是怀孕了。电话是在走廊里打的，我能听到从某个门缝里传来电视的声音，不过，这会儿已经不是尿片广告了，而是港台的警匪片，嗯哨一般的枪声伴随着音乐在旅馆的走廊里轰响，在那声音的末梢，一阵爆炸声震耳欲聋。短暂的空寂过后，出现了一个女人的声音，说不清是叫床还是哭泣。就在那混乱的声音中，丁琳问我，你说，你说，我是不是怀孕了？这种事情，我怎么说得清呢？我知道她不愿生孩子，就在电话中安慰她，说不定过两天那玩意儿就来了。但愿如此，她说。两天以后，她去了西双版纳。从西双版纳的原始森林回到昆明，她去云南人民医院做了个B超，怀上了，还真是怀上了，而且已经三个月了。那天晚上，我正陪一个朋友在外面吃饭，她的电话又打过来了。她问，这孩子是要还是不要。和女人讨论这种问题，一定得多个心眼。当她说不想要的时候，你千万不能轻易附和，免得她骂你没把爱情的结晶放在心上。而当她说想要的时候，你应该告诉她，虽然你很想要这个孩子，但问题出在她身上，你必须尊重她的想法。那天晚上，我们讨论来讨论去，也没讨论出一个结果。一节电池快要用完的时候，我对她说，我们或许应该征求一下老人的意见。话一出口，我就意识到，虽然我对婚姻有些厌倦，但我还是想要这个孩子的。我对她说，你可以问问你母亲，你知道，她老人家对此很关心。

丁琳是一星期前回到郑州的。那天晚上，当我们盘腿坐在床上，欣赏她拍摄的山水风光和原始森林的时候，我关切地问到她的自身是否有些不适。她说，这两天她一直想呕吐。这么说着，她就跳下了床，光脚朝洗手间跑去。我也跟了过去，发现她把刚吃的几个元宵吐了出来。原来乳白色的元宵，因为黑芝麻馅的缘故，已经变成了一团河泥状的东西。我伸手去拧水管，突然挨了一拳。都是你使的坏，她说。除了配上一个笑脸，我还真是没有别的办法。再次回到卧室，她微笑着翻出来另外几张照片。上面是两只孔雀。我并没有看到孔雀开屏，我看到的是一只绿色的小孔雀紧紧依偎着母孔雀的胸脯，母孔雀的脑袋勾了下来，用自己的喙梳理着孩子的羽毛。母孔雀的眼睛被照相机的灯光映得有点虚幻，有如玻璃的闪光，而我却从那虚幻之中，看出了它的幸福。我想，我明白了丁琳的意思。动心了，她已经动心了，和我一样，她其实也想要个孩子。我想起了她前几次在西双版纳的照片：上面若是孔雀，那么不是孔雀开屏，就是两只孔雀在互相追逐，翅膀支棱着，像滑翔机似的；如果是猴子，那么猴子通常被人们辛辣的食品哄骗的呲牙咧嘴；当然，更多的时候，她这个导游正和旅游团里的男男女女，坐在林间的空地上抽烟喝酒，而在那些东倒西歪的啤酒瓶的瓶口，还常常有泡沫涌出。

　　还是在那天晚上，丁琳将照片收起来的时候，说，她在路上已经跟她母亲打过电话了，老人家第二天就会赶到郑州。后来我们小心翼翼地做爱，甚至有点过于小心了，仿佛她肚子里的孩子像个易碎的器皿，稍有不慎就会碎成粉末。过了一会儿，我们到卫生间冲澡，回想起刚才的一幕，两个人都忍不住笑了起来。她的肚子微微凸起，像个鹅蛋。当我抚摸那肚子的时候，虽然谈不上幸福，但我还是有点激动，有点惊奇，同时又有点重负之感。丁琳说，她相信母亲第二天早晨就到了，我们明天也得早起。我的岳母喜欢武陟油茶，所以丁琳要我明天一早赶到政五街，那里有武陟人开的小吃铺。第二天，我被闹钟吵醒的时候，天还没有亮透呢。当我拎着保温盒骑着车子赶往政五街的时候，我意识到，以往那种闲散的带有某种浪荡性质的生活一去不复返了，有一个小小的生命时刻等待着我的呵护；在我的各种角色中，平添了父亲的身份；我期盼社会从此稳定，兵荒马乱的生活永远不要降临；孩子将在我的目光中长大，渐渐比我高出半头，当我死去的时候，他将为我合上眼帘……但是那一天，岳母却没有来。正在梳洗的丁琳告诉我，她刚刚接到妈妈的电话，妈妈说，要我们自己做主。还说，她有点感冒，怕传染给怀孕的女儿。她让我们别为她担心，感冒已经快好了，再过几天，她就来郑州看望我们。丁琳用手点了点我的前额，撒着娇，说，妈妈还说了，要忌床，什么叫忌床你知道吗？就是说，你这个大坏蛋，以后别缠着我。

几天时间过去了，岳母这次真的要来了。我们去超市购物，就是为了迎接岳母的到来。那天在超市里，我们给母亲买了牙具、睡衣、澡巾，以及袋装的武陟油茶。后来我们不由自主地来到了婴儿柜台。在货架的最上面一层，我发现了一只拨浪鼓。跟我小时候玩的相比，它要精致得多，外面镶着一圈黄铜，有如藏人手中转动的经筒。丁琳瞄上了一套婴儿牛仔服，布料很软和，但那是几岁孩子穿的，我们都搞不清楚。服务员反复向我们推荐另外一套童装，附带尿片，法国牌子的，价格贵的令人咋舌。童装旁边，就是夫妻用品柜台。我们用的避孕套就是在这里买的，上面还有质优免检的文字说明，可现在我们竟要做父母了。这或许是天意，上天非要让我做父亲了，那层薄如蝉翼的塑料纸，又如何抵挡得了。

岳母下午三点钟到了郑州。她拒绝我们去车站接她。她说，她长有腿，自己会走。和别的老太太比，她算是见过世面的。年轻时她学的是京剧，后来又转唱豫剧，在河南有自己稳定的戏迷。我曾看过她的舞台录像。她最拿手的戏是花木兰和秦香莲。演花木兰的岳母，真是英姿飒爽，一颦一笑，举手投足都带着男儿气概。我个人认为，她比常香玉唱得还要好。她扮演的秦香莲，跪在包龙图面前的那一大段哭诉，可谓声情并茂，使我这个做女婿的，也忍不住泪流满面。舞台下的岳母，看上去比自己的真实年龄要年轻很多。十年前，就在她退休前夕，她所在的剧团解体了。丁琳的哥哥，那一年刚好有了儿子。岳母是个热闹惯了的人，她常说，如果没有那个孙子，她真不知道该如何打发这些年的光阴。两年前，哥哥将儿子送进了贵族学校，学校实行全封闭管理，岳母一个星期才能见到孙子一面。从那个时期起，岳母就盼着我们赶快给她生个小外孙。她和岳父每次见到我们，都要提到此事。有一次，当我的面，岳母问丁琳，你们到底是不想要，还是不能要？丁琳说，现在我们都忙，您和爸爸以前不是教育我们，要先立业再成家吗？岳母说，可你们已经结婚了七八年了，再不要就晚了。就在今年的春节，岳父还拐弯抹角地跟我提过此事。他把我拉到阳台上，先递给我一支烟，然后给我看了一份当地的电视报。以前，他就经常给我看这种报纸，上面关于文学界的一些报道，他常常用红笔画了出来，以期对我的写作有所裨益。这次，上面竟然有关于我的一部小说的消息。不过，除此之外，还有一篇文章也用红笔画了出来。那是一篇治疗男女不孕症的短文，并附有一篇广告。我甚至注意到，岳父还往我的下身瞥了一眼。那目光虽然是不经意的，但我还是感到了某种压力，小腿都抖了起来。我和丁琳走的时候，岳母送给我们一床被子，说是用新棉花做的，很暖和。回到家里，我们铺开被子的时候，隐隐感到被子里有个硬物，拆开被角一看，原来是一只系着红头绳的长生果。丁琳笑得眼泪都出来了。在她的家乡，长生果系上红头绳，是祈子的意思。我又想起岳母在候车室里悄悄说的一句话：就算是为我生的，行了吧？只要孩子一断奶，你们就送回来，我保证给你们养得白白胖胖，像个小瓷人似的。

从火车站到我们居住的小区，坐出租车也就二十分钟。可一个小时过去了，她还没有到。我和丁琳下了几次楼，都没见她的人影。因为下着雨，我担心丁琳受凉，想让她回去，可她执意留下。她举着一把伞站在门洞前面，她的那种姿态，平添了我对未来生活的美好想象。我想，多年以后，我自己的孩子或许也会站在某个门洞前面，等待着我们的相逢。可是眼下，随着时间的推移，丁琳，这个未来的孩子的母亲，脸色变得越来越难看了。这期间，我的手机响了两次，一次是岳父打来的，问我是否接到了。为了不让他老人家担心，我说接到了。他又问，你妈身体怎么样，有什么变化。我说很好呀，没什么变化呀。当时我还感到奇怪，她又不是纸糊的，到郑州只需几个小时，身体能有什么变化呢？另外一次是丁琳的嫂子打来的。咱妈是否到了，她问。她一口一个"咱妈"，使我感到有些别扭。她还说了一些别的，诸如给你们添麻烦了之类，我也有点莫名其妙。这个嫂子，结婚以前曾跟着我的岳母到剧团里学戏。剧团解放前夕，她调到了市文化局。在我的印象中，她是个很有本事的人，这从她手上经常更换的戒指就看得出来。她有一枚钻戒，上面的钻石大如蝌蚪。去年春天，她曾让丁琳看了看她的肚脐。据丁琳说，嫂子的肚脐做过美容手术，四周削得很圆，足足可以放进一个玻璃弹珠。大哥对自己的老婆也非常自豪。他说自己生平最得意的事有两件，一是娶了个好老婆，二是生了个大胖儿子。大哥原来在棉纺厂上班，厂子倒闭以后，是他老婆利用自己的关系将他调进电影院的。他在那里干领座员，就是拿着手电筒为迟到的观众寻找座位。他说，自己这辈子就算了，只要儿子有出息就行。我曾问他，怎样才算有出息。大哥说，至少得考上大学吧。嫂子骂他老土，是个大土鳖。她说，以后谁都可以上大学，所以它不能成为标准。嫂子的标准是，孩子以后一定得成为一个贵族。我当时跟她开了句玩笑，说书上说了，暴发户随时可以生产，但贵族却需要经过三代人的努力。嫂子说，这不是有了贵族学校吗，干吗要等三代呢？大哥也说，那是老黄历了。

就在这时候，我看见岳母过来了。她手里拎着一个很大的包裹，为保持必要的平衡，她的身体朝另外的方向倾斜着，很吃力的样子。不过，她满脸是笑。和春节时见到的岳母相比还要年轻。当我快步走上前的时候，我找出了她年轻的理由：她的头发染了，原来的一头白发现在乌黑发亮。一个男孩往她的身后躲着，可她执意要把他拽到身前。他就是那个小贵族。小贵族又胖了，圆滚滚的，腮帮上的肉都往下耷拉。丁琳走过来，拧着小侄子的耳朵，叫他小肥猪。岳母先问我是不是耽误写作了，然后才悄声问丁琳身体怎么样。丁琳说还行，然后就问她怎么全身都淋透了。岳母说在车站没有拦上出租车，只好坐公交车，路上倒车费了时间。然后岳母又把话题扯到了丁琳身上。她对女儿说，你怎么能淋雨呢，要预防感冒。这么说着，她站到了雨伞的外面。我注意到，她的目光在女儿的肚子上停留了片刻。本来应该到街上吃饭的，可岳母说她有点累了，就在家里随便吃一点吧。我和丁琳在厨房里洗菜做饭，岳母在外面看电视。小侄子以前到家里来，一刻也不安静，要么像个皮球似的在地板上滚来滚去，要么像个猴子似的爬上爬下。但这一次，他却出奇地听话，静静地偎在岳母身边，若有所思。我和丁琳议论，小家伙一定是考试考砸了，刚挨过揍，所以才这么老实。丁琳到客厅去，把小家伙叫了过来，问他的考试成绩。他咬着嘴唇，翻着白眼，一声不吭。这更坚定了我们的推测。丁琳用手指头戳着他的太阳穴，问他考了倒数第几名。他突然往下面一蹲，闪过丁琳的手指，然后连滚带爬跑掉了。我和丁琳都被他逗笑了，但随即，我们就听到了他的哭声。我就对丁琳说，看来他真的成了小贵族，自尊心很强，死要面子，我们应该注意说话的方式了。丁琳夸张地挺着肚子，对我说，这孩子长大了，怎么教育也是个问题。你决定生了吗？我问她，你没看，妈妈就正在外面等着吗？她说，她问我想要个男孩还是女孩，又问我小时候是否捣蛋，因为她听说男孩捣蛋都是遗传的。过了一会儿，我们听见电视里正在放卡通片。岳母这时走了过来，问能帮上什么忙。我担心老太太寂寞，连忙把丁琳推了出去。母女俩在外面说的话，我一句也听不见，我只听见卡通片里有个地球人在向外星人讲述怎么吃西餐，怎么用刀叉。外星人问，这牛排有没有感染上疯牛病。地球上的一个女孩嗲声嗲气地说，瞧你说的，外星人伯伯，这可是美国加利福尼亚的牛肉。

吃饭的时候，小侄子的胃口好极了。岳母和丁琳既担心他吃得太多，又想让他多吃。丁琳再次问起侄子考试情况。小家伙先抹了抹油嘴，然后堵住了耳孔，似乎不愿搭理我们这些平民。岳母这才告诉我们，他最近正在办理转学手续，没有上课，也没有参加学校的考试。好好的，为什么要转学呢？丁琳说，是不是你的主意？岳母没有吭声，似乎有些走神了。我趁机问道，妈妈，你是不是觉得没有孩子在身边闹着，闲得发慌？岳母这才说，这是你哥哥的意思。这时，小侄子突然站到了座位上，似乎想说点什么，为此他都有点结巴了。可岳母朝着他的屁股就是一巴掌，然后没收了他的筷子，让他到一边玩去。孩子的眼泪立即流了出来。我摸着孩子的后脑勺，开了一句玩笑，说，给姑父说说，你的多愁善感也是老师考的吗？孩子一扬胳膊，把我的手掀到了一边。岳母骂他没有礼貌，让他向我道歉，他径直走到了电视跟前。他随后的举动，让我有点吃惊。他主动关掉了电视，然后走到了洗脸池旁边，非常自觉地洗起脸来。他洗得很认真，洗上一会儿，朝着墙上的镜子望了几眼，然后再洗。我连忙夸他，真成了贵族了。他对我的表扬没有任何反应。然后，他踮着脚尖，拉着墙上用来挂毛巾的不锈钢横杆，一使劲，爬上了洗脸池。原来他是要洗脚。岳母这时候连忙打开包裹，取出自己带来的毛巾。她晚了一步，因为小家伙已经用我们的洗脸毛巾把脚擦干了。这还不算，他还拉开运动裤的松紧带，把屁股也擦了擦。贵族做到这种地步，也确实够麻烦的。丁琳差点把他揪下来。我给丁琳使了个眼色，接着我们就异口同声地表扬他爱干净、讲卫生，别的什么也不敢多说。岳母也夸他听话，是个好孩子。我把他从洗脸池上抱下来的时候，为了逗他发笑，故意胳肢了他一下。他最怕胳肢了。以前，你刚做出要胳肢他的样子，他就会笑得满地打滚。可这一次，这一招失灵了。他样子凶狠，双臂紧夹，两脚乱蹬，还恨不得咬我一口。这么大孩子最难养了，岳母说，谁也不知道他的小脑袋瓜里装的是什么，有时候能把人活活气死。

　　说实话，如果至此我还没有发觉情况有些反常，那我就趁早别吃作家这碗饭了。小侄子的反常暂时可以放到一边，孩子嘛，都是狗脸，总是说变就变。关键是我的岳母。她时常走神，并且有意无意地躲避着我们的目光。我以为她是有些紧张。紧张什么呢？自然是女儿的生产过程。在老一辈看来，生产是女人的一大关。我甚至想到，岳母当初或许是有过难产的经历。她只有这么一个女儿，自小视为掌上明珠，自然会为女儿担忧。果然，岳母很快就提到了此事，说生大哥的时候，她产后出血，若非医生抢救及时，现在早就变成一堆白骨了。不过，生你的时候就顺利多了。岳母对女儿说，那是在乡村巡演，宣传毛泽东文艺思想，白天还在台上唱戏，到了晚上，觉得要生了，赶紧叫人找架子车，往车上铺稻草，往医院送，可刚爬上车，你就落到稻草上了。我对岳母说，现在医院的条件好了，想生就生，不想生就拉上一刀，取出来就行了。岳母说，那是那是，都赶上好时候了，要珍惜啊，一定珍惜啊。我听着想笑：这跟珍惜不珍惜有什么关系呢？难道因为赶上了她所说的“好时候”，生孩子不受罪了，就又开大腿多生几个？但岳母的感叹似乎仅仅刚开了个头。她说，要是不知道珍惜，谁也帮不了你，天王老子也不行，你们信不信？我说信，这是真理，不信不行。丁琳在一边撇着嘴偷偷发笑，但她没能躲过老太太的眼睛，你别不信，岳母说，轮到你吃亏的时候，你哭都来不及。我想，老太太真的累了，都累糊涂了，说话已经颠三倒四了。

丁琳伺候岳母洗脚睡觉，水端到岳母面前，岳母却说，她想和我们再说说话。要是往常，这时候她就该说不想耽误我的时间，要我去书房工作，她和女儿再拉拉家常。可这一次，她不催我，我自然不便离开。她问女儿是否到医院做过检查了。丁琳说，不是给你说了吗，检查过了，医生说都已经三个月了。胎儿发育还好吗？岳母问。我说好啊，没听说有什么不好。岳母又问，做检查的那个医生是否负责。我说，医生嘛，这种人命关天的事，怎么敢不负责呢？岳母笑了，说自己问的是女儿，而不是我。还说，我又没去昆明，怎么知道昆明的医生很负责任。这句话倒把我给问住了。我一边傻笑，一边给岳母递了一杯茶。岳母说，你们最好还是到郑州的医院再检查一次，现在只准生一个，你们千万不要大意，我当时撒了个谎，说已经检查过了，妈妈你放心，这次保证能让您老抱上一个健康快乐的小外孙。到底是外孙还是外孙女？岳母问，这一下连丁琳都被问住了。所以，你们还得再去检查一次，既然查了，就查得细一点，免得日后后悔，岳母说。岳母的话，怎么听都有点不舒服。岳母平时是个比较迷信的人，要是往常，谁敢说这种不吉利的话，她肯定会第一个跳出来，跟人家急。可这一次，这些不吉利的话却都是从她嘴里蹦出来的，而且一说一大串，让人无法招架。真是见鬼了。我发现丁琳的脸色已经变得难看起来了。根据我的经验，她肯定是要发火了。果然，让我猜准了。她们母女原来是拉着手的，这会儿，丁琳把妈妈的手丢到了一边，说，妈，你就不能说点好听的？这孩子可是给你生的，要依我们，我们压根就不打算要。岳母赶紧抓住丁琳的手，说，我没有别的意思，一辈子的事情嘛，我只是想给你们年轻人提个醒。

我和丁琳使了个眼色，然后一起向老人表示感谢。亲人之间，那感谢显得如此生分，倒让我们都有些不自在了。就在此时，我们又听见了卧室中的哭叫。是丁琳的小侄子在哭。我们走过去，打开床头灯。孩子仍在熟睡，但脸上肌肉抽搐不已，好像正忍受着蚊虫的叮咬，鼻凹中还有一串泪珠。不知道梦见什么鬼东西了，岳母说。岳母蹲下来，用拇指擦了擦孩子的脸，然后把灯拉灭了。

刚才的洗脚水已经凉了，丁琳又给岳母换了一盆热水。岳母脱袜子的时候，我发现她的动作很滑稽。她不是坐在沙发上脱，而是蹲下来，一只脚着地，另一只脚悬空，然后猛地一拽，将悬空的那只袜子扯了下来。为此，她差点把自己拽倒在地。这老太太玩的是什么把戏？丁琳正在房间里铺被子，没有发现这一幕。她要是看到，保准笑个半死。当岳母如法炮制去脱另一只袜子的时候，我上前扶住了她。她略加推辞，但还是在我的搀扶下，坐到了沙发上。你忙去吧，她赔着笑脸说，不要管我，我自己能洗。我把洗脚盆挪到沙发跟前的时候，她已经在沙发上躺了下来，翘着脚，艰难地脱去袜子。至此，我已经发现了问题所在：她的腰是不能打弯的。我去扶她的时候，有意地按了按她的腰部。我摸到了一圈硬板状的东西。她打着护腰呢。我正想问个究竟，我的手被她拽住了。她拿着袜子的那只手，在我眼前晃了晃，然后用下巴点了点丁琳所在的那个房间，说，别给她说。是什么时候的事？我问她。她没说时间，只是说已经好了。就在这时候，丁琳出来了。岳母抬高声音对我们说，明天她得出去一趟，到郊外去一趟。她说，早年在剧团里唱包公的那个人病了，活不了几天了，她和当年的一帮同事约好了，明天去看一次。她说的那个老头儿我也认识。我和丁琳结婚的时候，那个老头儿还曾送来一份贺礼。在婚宴上，我还给他敬了三杯酒。他和岳母差不多大，也只是六十岁刚出头的样子，挺结实的一个人，怎么说不行就不行了。我表示要和她一起去。丁琳也说，她也可以陪着去。岳母混着袜子，说，谁都别去，你们忙你们的事，别管我。我说，我们没事可忙啊。她说，怎么没事，刚才不是说了，你们要去医院检查身体吗？我说，过两天也可以检查啊。岳母板起了脸，口气生硬，说，早检查早放心，别拖着。我多了一句嘴，问你到底让我们检查什么呀？岳母说，都查一下，越细越好。看我嘴里叼着烟，岳母就说，像你这样，一天两包烟抽着，胎儿会受影响的。我心想，这种可能性不能说没有，但是你一个做岳母的，说的都是什么话呀，说你是个老乌鸦嘴，真是不亏你。丁琳这时候也生气了，不过，她不是生她母亲的气，而是生我的气。她对我怒目而视，然后把我拉到了我们的卧房。我还没有来的及关门，她当胸就是一拳，说，这孩子要是有个三长两短，看我怎么收拾你，姑奶奶可不愿吃二遍苦，受二茬罪。我连忙说，咱们身体都很好，胎儿怎么可能会有……会有毛病呢？别听你妈那乌鸦嘴。

　　岳母睡下以后，我又想起了岳母身上绑的那个护腰。老人生病，若非大病，一般不愿让在外面工作的儿女们知道，免得影响他们的"事业"，这也是人之常情。更何况女儿有孕在身，他们更不愿意让女儿为他们担忧。不过，既然病已好了，那为什么还是不愿意讲呢？这不能不让人感到蹊跷。联系到她刚才说的那些让人丧气的话，我有一种强烈的预感，这老太太肯定有什么事瞒着我们。卧室的床头灯闪掉了，我下楼去买灯泡。雨已经停了，楼与楼之间，天空被灯光照成暗红色。我掏出手机，给岳父挂了个电话。他先问，你妈的身体怎么样？我说很好，然后我就问起她的护腰是怎么回事。他先是迟疑，接着突然问道，你妈都说了些什么？我说没说什么呀，是我自己看到的。他这才告诉我，岳母在楼梯上摔了一跤，腰椎出了点问题，不过，总算没落下大毛病，在床上躺了两个月，是昨天出的医院。我说，咱家不是住在一楼吗，怎么会摔倒在楼梯上呢。岳父支吾了一阵，说是在法院的楼梯上摔的。法院？她去法院干什么？我问。他说事情已经过去了，不要替她操心了。感谢了一番我的关心以后，他突然发起了牢骚：你妈这个人，越老越不听话了，伤筋动骨一百天，不让出院，可她非出院不可，这不，刚出院就往郑州跑，九匹马都拉不住她，气得我胸口疼。老两口之间的事，我不便插嘴，只能哼哼哈哈地应付着。岳父突然打听起来岳母下一步的打算。我说，她明天要到郊区去，看望过去的一个朋友。哪个朋友？岳父问。我说，就是唱包公的那个老头，听说他快不行了。岳父在电话那头吼了起来，说，疯了，你妈疯了，别听她胡言乱语，那个老头早就死了。岳父喘着粗气，喊道，让你妈接电话。我只好告诉他，老人家已经睡了，有什么话，可以直接对我讲。还说，我是在楼下打的电话，周围没有别人。他说，你等一会儿，让我点上烟。那天的电话打了很久，满满的一节手机电池都用完了。听了岳父的话，我才知道，岳母明天要去的地方，其实是郑州郊县的一个监狱。她的儿子，丁琳的哥哥，因为用刀捅了贵族学校的校长，被丢进了监狱。到底捅死没有啊，我问岳父。岳父急了，说，他娘的，你管他死没死。回到楼上，我看见丁琳斜躺着，手里拿着一本书。我问她什么书，她让我看了看书皮，翻了个身，又接着看了下去。那是一本育儿方面的书，书皮上是一只怀抱婴儿的金发丽人，我认出她是中央电视台儿童节目的主持人。丁琳说，我给你念一段听听？她低声念着，我虽然不时地附和两句，但脑子却想着囚室中的大哥，他为什么要捅那个校长呢？那人到底死了还是没死？我明白岳母为什么要带上孩子了，她是要让孩子见他父亲一面。后来，丁琳睡着了，我还是无法入睡。我有点自私地想，我要是不知道这些事该有多好啊。已经是深夜了，马路上的刹车声都清晰可闻，其中有一次，声音非常刺耳，显然是高速行驶中的突然刹车，我忍不住想，或许有一个人已经葬身轮下。接着，我听见了岳母的叹息，还有喉咙的响动，似乎是在无声哭泣。过了许久，我终于睡着了。当我再次醒过来的时候，我听见岳母在和丁琳说话。岳母不知道从哪里得到的知识，认为检查之前一定要憋尿，她对丁琳说，你可不能尿，要憋尿！否则什么也检查不出来。丁琳跺着脚，说，妈，你怎么不早说，我进了厕所你才说，你这不是存心要憋死我吗？岳母又追问丁琳，在昆明的那次检查，是否憋尿了。丁琳有点不耐烦，说忘了，忘了，早就忘了。岳母如获至宝，说，看，让你去检查，你还不乐意，连尿都没有憋，能检查好吗？听声音，丁琳已经坐到马桶上去了。岳母很生气，说，好吧，你就等着受罪吧，我真是前世欠你们的，没有一个让我省心的。丁琳还算是孝顺女儿，她说，妈，明天我一定满足你的心愿，一定憋住，一定去医院检查。岳母不吭声了。我走出来的时候，岳母正在刷牙。她刷的满嘴流血，白沫都被血染红了。随后她的牙刷在杯子里很响地刷动着。岳母早饭都不愿吃了，想马上就走。我说，天还没有亮透呢，你这样出门，我们可不放心。我赶紧下楼去买早点。买早点的老人和我较熟，他就边炸油饼边和我聊天。见我多买了两份，他便神色诡秘地说，你老婆不是出差了吗？家里是不是藏了个姑娘？上次穿背带裤的那个姑娘可真漂亮。我不愿意让他抓住什么把柄，就说他一定是看错了。那老东西用手背揉着眼，说，放心吧，谁都是从年轻时候过来的。他朝隔壁的摊位点了点下巴，说，只要你每次都买我的油饼，我不会给你老婆讲的。想到自己将为人父，我不能不为以前的浪荡羞愧。我心里暗暗发誓，从此要做一个好丈夫。等我回到楼上，岳母已经和孩子整装待发了。吃早点的时候，岳母非常奇怪地不允许孩子喝粥。我以为她担心孩子发胖，可谁能料到她又命令孩子多吃了一份油饼。我想，这老太太确实神经不正常了。孩子嘴里的油饼还没有咽下，她就要拉着孩子下楼。后来，当我把他们送到了汽车站的时候，我才知道了其中的奥秘。原来，她担心孩子路上撒尿耽误时间。在前往汽车站的出租车上，我拐弯抹角地问起了大哥的事。岳母看到瞒不过我了，才约略地给我讲了讲。原来，嫂子和文化局长已经好（通奸）很多年了。家人也都是知道的，但大哥不说什么，岳父和岳母虽然心里有气，也只能装聋作哑。去年秋天，局长退休了，到贵族学校当了校长。大哥想从电影院转到贵族学校看大门，但校长不同意，大哥就威胁着要把这事捅出来。为此，嫂子和大哥还打了一架。按说吃亏的是应该是嫂子，可嫂子的娘家人当时也在场，所以吃亏的就成了大哥。再后来，大哥就把那个校长给捅了。因为担心孩子听到，岳母遮遮掩掩的。我只能听个大概。进的时候，岳母不时发出几声感慨。丑死了，丑死了，丢人丢到家了，祖宗八辈的脸面都被他们丢尽了。出租车司机正摇头晃脑，收听英国后街男孩的演唱，岳母这么一说，吓得他赶紧关掉了。他扭头看她的时候，她说，小师傅，你能不能好好开车，再快一点。我记得，长途汽车发动的时候，我的岳母突然站在售票员旁边，用手搭起喇叭的形状，对乘客们喊道，谁要去解手赶快去，汽车路上不停留。这是我第一次听她说普通话，带有戏剧中道白的味道。我的眼泪顿时留了下来。

从长途汽车站回来，我看到丁琳又躺到了床上，早餐用过的碗筷还放在原地。她背对着门，我以为她睡着了。可我关门的时候，她却突然喊了一声，站住！吓了我一跳。我站住了，可她却不说话了。我说，等一会儿，我先去洗碗。我还开了句玩笑，懒是丫头，你现在变懒了，说明你怀的是个姑娘。她还是不吭声。我就又说，我喜欢丫头，做父亲的都喜欢丫头。可不管我怎么说，丁琳都不吭声。莫非她也看出了她母亲的反常，起了疑心？我叮嘱自己，她问到此事，我就说她妈可能是为老朋友伤心。我还不妨再开句玩笑，说她母亲年轻的时候，很可能跟那个唱包龙图的有过那么一段戏，现在老情人要死了，她当然会心慌意乱。可丁琳什么也没问，这倒让我不知道如何是好了。我正要偷偷溜走，丁琳突然一翻身坐了起来。她的双手插在撒开的头发里，声音很低，说，这孩子不会有什么毛病吧？我怎么心里直发毛？呵，原来她关心的还是肚子里的孩子。我说，都是你妈闹的，会有什么毛病呢？别胡思乱想。她仰起脸，早就让你戒烟，可你就是不听。唉，怎么转了一圈，又绕到抽烟上去了。我想，这事也不能怨我。两个人本来说好的，什么时候准备要孩子，我就提前把烟戒了，可这不是计划撵不上变化吗？眼下说这些还有什么用呢？但丁琳随后的一段话，使我顿时傻了眼。她提到了怀孕的日期。她说，刚才她推算了一下，三个月前，我们两个正在上海旅游，因为上海的朋友很多，所以天天喝酒。她话音没落，我的脑子就乱了。是啊，当时确实天天喝酒，白酒，黄酒，啤酒，白兰地。随后，我又想来了，那天后半夜，回到浦东的旅馆以后，我们因为兴奋而无法入睡，我们的身体纠缠在一起。什么避孕不避孕的，早他娘的忘到脑后了。事后回想起来，那简直不能说是做爱，只能说是交配，而且对方只是一个陌生的人，陌生的肉团。世纪大道上的灯光从窗缝照了进来，在惨淡的暗影中，我们就像处于墓穴的深处。我依稀记得，直到第二天的午后，我的太阳穴还在隐隐作疼，眼前一片灰暗。站在窗前望着世纪大道，我就像望着一个无底的深渊。大道两旁的那些移自异国他乡的奇花异木，全是黑影婆娑。

丁琳说，就在我进门以前，她给中学的一位同学打了电话，那人是个医生。我问医生都说了些什么，她说，人家说得模棱两可，说可能有影响，也可能没影响，当然还是慎重一点好，因为这关系到未来。我有点走神了。我想到，就在我们旅游期间，丁琳的大哥用刀子捅了贵族学校的校长。想起来了，岳父曾说过，大哥一共捅了七刀。是捅了没死，还是死了又捅，以致捅了那么多刀，我就不清楚了。

　　当天我们就去了医院。我没想到堕胎生意会那么好，走廊里散发着特殊的腥味，队伍排得很长，其中不乏中学生模样的姑娘。我们托了朋友关系，但还是等了许久。孕妇的嚎叫和咒骂，从紧闭的门窗里传来，吓得丁琳膝盖发抖。我想缓和丁琳的紧张，就说，进去以后，你也可以骂我。我还对丁琳说，看见了吧，没有几个男的陪同前来，包括我在内，只有三个男的在场，这说明我们是真心相爱的，是幸福的，我们会有美好的未来的。丁琳鼻孔里哼了一声，闭上了眼睛。是啊，连我都感觉自己的话是那么做作，丁琳就更不用说了。这时候我看见一个女孩，很像我们在超市的麦当劳快餐店见到的那个，头发还是朝一边梳着，把乌鸦的翅膀像完了。没错，就是她，她的膝盖上的那个青紫色的痕迹还没有消退呢。就是这个女孩，她在问旁边的人，是不是要挨刀。旁边的人笑了，说不是用刀，而是用手，你还以为是剖腹产啊？就在这时候，护士喊丁琳进去。我在外面等了许久，其间因抽烟被管理人员罚款两次。我一直没有听到丁琳骂我，耳朵贴门倾听也听不到。我只听到一些器械的撞击声，一些若有若无的浅笑和低声讨论。半个小时以后，我听见一个医生说，好了，扔了吧。我就听见有人好像把垃圾罐的盖子揭开了，接着，我就听见了扑通一声。毫无疑问，是那个维系着我和丁琳的东西，被丢了下去。几分钟以后，丁琳被推了出来。她很正常，只是脸色苍白。她低声地叫着妈妈，妈妈，妈妈呀。叫什么叫，我想，事情走到这一步，还不全都是因为你妈妈吗？我突然有一个念头，一个很强烈的念头，就是问问医生，打掉的那个胎儿到底有没有毛病？后来，我虽然迫使自己打消了这个念头，但我还是耿耿于怀。我又忍不住地想，岳母为什么执意要丁琳做检查呢？眼前的这一幕，或许正是她的心愿。可她为什么要这样呢？莫非她担心我们会和她一样，有一个悲惨的未来？丁琳身上注射的麻药开始失效了，疼痛使她一阵阵发抖，连呻吟都在发抖。我也有点发抖。我蹲下来，给她倒水的时候，热水瓶突然掉到了地上，轰的一声巨响。妈妈啊，我的腿、膝盖和脚都被烫伤了。

林妹妹

　　三月底的这个周末，崔鹏穿上了西装，打上领带，向别墅区走去。他没走大路，是从西山脚下的那条小路走过去的。春天的山枝枯木暗淡，野草泛青，别有滋味，但崔鹏却没有心思赏景，只是埋头走路。小路隐没在野草之中。酸枣树下，酸枣树刚刚吐出雀舌式的新芽，他揪了一片含在嘴里，但很快又吐掉了。他是背着手走的，大拇指上拴着一条牵引带，牵引带的那头系着一条狗。那是一条吉娃娃狗，棕黑色的，模样就像斯皮尔伯格电影中的小恐龙。崔鹏是初中语文教师，最喜欢《红楼梦》中的林黛玉，所以给狗起名林妹妹。听见林妹妹有些哼哼唧唧的，崔鹏笑了一下，转过身来。他猜对了，他果然是要解手。此刻，它的脸藏在酸枣树下，只把屁股对着他。

"林妹妹，害羞了？"崔鹏说。

"长成大姑娘了嘛。哦？原来是解大手的。"崔鹏又说。

等林妹妹解手完毕，崔鹏把它抱了起来。它像个婴儿似的，下巴很舒服地放在崔鹏的臂弯里，闭上了眼睛。崔鹏从西装口袋里掏纸，要给它擦擦屁股。掏了半天，掏出来的是一截粉笔。他扔掉粉笔，换个手抱林妹妹，然后又到裤兜里掏。这次，他终于掏出来了一张纸，但上面写满了东西。他看了看，原来上面写的是一道数学题。想起来了，那是他给儿子出的数学题：林妹妹一次产下五只小狗，其中两只公狗，三只母狗，公狗一只卖两千元，母狗一只卖三千元，请问一共卖了多少钱？儿子今年刚上一年级，已经算了三天了，仍然没能算出来。这会儿他就用那张纸给狗擦了擦屁股。

走到一片褐色的荆棘丛中，崔鹏就看

到了东边的那片别墅区。那里原是村里的麦田，两年前才被房地产公司买走。别墅区的东边，是刚刚通车的五环路，站在山坡上就可以看见滚滚车流。崔鹏正要穿过那片荆棘，突然看到前面有两个人影，仔细一看，原来是他的两个学生。他们正弯腰在荆棘丛中寻找什么东西。崔鹏赶紧蹲了下来。他可不想让学生知道，他之所以提前宣布放学，就是为了给林妹妹配种。

那两个学生此刻走到一个坟头跟前，又弯下了腰。他们手拉着手，显然是在互相壮胆。看到他们拎着可口可乐塑料瓶子，他知道了，他们原来是在逮蝎子，那瓶子就是装蝎子用的。学校门口贴有广告的，野生的蝎子一斤三十块钱。

"两位，这里有两位，Very good！"其中一个男生说。

"你得给我一位。"另一个男生说。

"Why？Why？是我翻出来的呀。"

"要不是我，你一个人敢来吗？敢

吗？"

两个人吵了起来，并且推推搡搡的。放在平时，崔鹏肯定要指出他们的错误，让他们知道量词用错了，不能用"位"，要用"只"。可这会儿，崔鹏却盼望他们快点滚蛋。当崔鹏看到他们很快就和好如初，手拉手又朝另一个坟头走去的时候，崔鹏真的有点急了。小区的保安，一个学生的父亲告诉他，别墅区里的吉娃娃狗只有一只是公的，它平时待在市区，来别墅只是度周末罢了。崔鹏想，去晚了，那只公狗被别的母狗勾引跑了，林妹妹今年可能就找不到女婿了。

但是，那两个学生，两个小混蛋，似乎并没有离开的意思。眼下，他们来到了一个新坟跟前，花圈上的塑料花还非常鲜艳。崔鹏突然想起来了，那是周二奎的坟。周二奎是他的小学同学，在西山上偷树的时候被树给砸死了。对周二奎的声音，崔鹏是再熟悉不过了。崔鹏想，何不模仿一下周二奎的声音，吓唬他们一下呢？

"我是周二奎。"他捏着鼻孔，突然说。

那两个小家伙果然被吓住了，刚弯了一半的腰，此刻都僵在那里。被吓住的还有林妹妹，以为从未听过这种声音，它被吓得直叫唤。崔鹏赶紧握住林妹妹的嘴。一只喜鹊一耸翅膀，从槐树的枯枝上飞了起来。两个小家伙也看见那只喜鹊，可他们竟然连喜鹊都认不出来了。

"乌，乌，乌鸦。"一个男孩说。

"我是周二奎，是个偷树贼。"崔鹏趁热打铁，又来了一句。

"鬼？魔鬼？"他们的声音都变了。

他们先是愣了一会儿，然后撒腿就跑。在春天的山岗上，他们就像跳动的蟋蟀。石块被他们踢动，顺坡滚出去很远，发出一连串的撞击声。崔鹏这时候倒有点担心了，担心他们吓傻了。要是有两个傻瓜拉后腿，班里的平均成绩可就要下去了，期末的奖金可就指望不上了。还好，他们并没有傻掉。他远远地看见，下了山坡以后，他们是在朝家的方向跑，并且牢牢抓住手中的塑料瓶子。等他们跑远了，崔鹏赶紧朝山下走去。山地上卵石丛生，有点硌脚。他的一只胳膊紧紧抱住林妹妹，另一只随时拨开挡在前面的荆棘，树丛，野蒿的枯杆。他几乎是一路小跑，好像稍晚一步，林妹妹的幸福，他的幸福，就会离他远去。

接近别墅区的西门，崔鹏放慢了脚步，大口大口地喘着气。他把林妹妹放到地上，让它活动活动筋骨。西门外有个理发店，店前竖着一面镜子。崔鹏从那边走过的时候，顺便整理了一下西装和领带。他有些激动，手指头都有些发抖，好像不是来给狗配种的，而是来嫁闺女的。然后，他又把狗抱了起来，向门口走去。就在这时候，门卫伸出一条胳膊，拦住了他。门卫将他上上下下打量了一番，目光落在他的领带上面。

"请问，你住几号楼？"门卫说。

"那个，就是那个。"崔鹏指着里面的一个院子。那个院子里栽着一颗桃树，闹哄哄地开了一树花。崔鹏没有看到学生的父亲，也就是那个保安。崔鹏有些生气，想，十分钟之内，如果保安还不出现，就罚他儿子擦三天黑板。

"请问你的车牌号。"门卫说。

"我是来找一个朋友的。"眼看蒙不下去了，崔鹏也就只好改口了。

"是找狗的吧？给狗打圈子的吧。"门卫说。

"打圈子？"崔鹏没有听懂。

"狗交配嘛。"门卫有些不耐烦了。

一辆轿车从里面开了出来，崔鹏认得那是林肯牌轿车。坐在副驾驶位置上的姑娘，嘴里咬着一只发夹，正对着后视镜梳头。门卫升起门前的横杠，对着轿车行了个军礼。车开走以后，门卫对他说："随随便便带一只狗，就想进去？你是不是把别墅区当成配种站了？就算是配种站，你进来也得交费啊。"崔鹏明白了，门卫这是索贿呢。崔鹏立即表示，今天急着出门，忘记带东西了，明天一定送条烟过来。他这么一说，门卫的神色就变得和缓了。门卫说："打圈子，隔一天还得再打一次，双保险嘛。"崔鹏懂了，门卫是在提醒他，后天再来送烟。

就在这时候，崔鹏看到了那位保安。保安手中拎着一根警棍，一路小跑，从东边跑了过来。跑到门口，他大口喘着气，向崔鹏表示歉意。他说东门有两个地痞闹事，所以他耽误了一段时间。"这是崔老师。"保安对门卫说，"你们在聊什么？"门卫反应很快，抢在崔鹏面前说："我们在聊这只狗。崔老师，这项圈可真漂亮。"

"名牌，金利来。不过是假货，反正它又看不出来。"崔鹏说。崔鹏友好地拍了一下门卫的肩膀。他不想和门卫搞僵。如果这次配不上，他还得再来呢。

保安问崔鹏，这狗是从哪里弄的，买的，还是别人送的？崔鹏本来不想说，因为说出来好像自己受贿了似的。它其实是一位学生的姐姐送的。那位学生是外地转到北京，暂时无法进入市区，原来是个模特，现在改演电视剧了，也算是当今娱乐圈的红人。她把狗送过来的时候说，她已经有一条吉娃娃狗了，名叫龙哥。至于为什么叫龙哥，她也有解释的，说这是因为它长得像小恐龙，祖籍是墨西哥。她还说了，这两条狗都是一位台商从台湾带回来的。

"哦？这可是海峡两岸友好交往的象征啊。"门卫说。

"也不过是条狗嘛。"崔鹏说。

"崔老师谦虚了，太谦虚了。"门卫说。

"是不是该进去了？"崔鹏问保安。

"别急，时间还早着呢。你来早了。"保安说。

当门卫问起这条狗值多少钱的时候，崔鹏说："值不了几个钱，也就是五六千块钱吧。"崔鹏想，刚才不叫谦虚，现在才叫谦虚。他想起王珊临走的时候对他说，这狗很聪明的，会数数，会跳圈，还会仰泳，不值钱，也就是万把块钱吧。后来，他上网查了一下，王珊的话还真是没有太多水分，过了满月的吉娃娃狗，最便宜也能卖到两千元，要是能长到半岁，价格可以翻四番。

"它叫什么名字来着？我突然想不起来了。"保安问。

"林妹妹。"崔鹏说。

"林妹妹？太好了，金庸的小说里，有一个人叫林妹妹。"

"那是蓉妹妹，黄蓉嘛。"保安说。

崔鹏顺便给门卫上了一课，告诉他林妹妹是《红楼梦》里的人物，天上掉下来个林妹妹嘛。门卫一拍脑袋，说："没错，我在歌厅听过这首歌的。我以前给一老板开车，老板一进歌厅就点这首歌，天上掉下个林妹妹。歌厅的小姐，只要腿长，奶大，他都叫人家林妹妹。"这时候，一辆宝马车开到了门口，一只雪白的狗头从车的后窗里伸了出来，它几乎不像狗头，而像是微形的牛头。它冲着林妹妹叫道："汪，汪，汪——"门卫升起横杆，又向那辆车行了个军礼。这辆车是从外面开进来的。崔鹏看到，保安也行了个军礼。

"那是牛头狗，也是很贵的，听说值一万块钱。"保安说。

"牛头狗？就是人头狗咱也相不中它。"崔鹏对林妹妹说。

又有一辆车开了过来，是个敞篷的吉普车，车中也卧着一条狗。它也不像狗，但它确实是狗。那是一条藏獒，也是雪白色的，模样有点像北极熊。它的目光显得深不可测，崔鹏和它的目光接触的一刹那，忍不住打了个寒颤。奇怪的是，林妹妹倒毫不怯场，冲着它叫唤了一声，又叫唤了一声。林妹妹很兴奋，向那辆吉普车跑去。要不是崔鹏及时地把它拽了起来，它就钻到车轮下面了。

"它可当不成咱的宝哥哥。"崔鹏说。

"这条狗，能卖五十多万。"保安说。

"五十多万？天文数字嘛，不可能吧？"门卫说。

"你知道什么？赵本山想买，已经出

到五十万了，人家还没有松口。上次云南地震，整个别墅区，别人捐的都是二百三百的，人家一下子捐了五千。"

"这人是做什么生意的？"崔鹏问。

"不知道。赚大钱的人都很神秘，谁也不知道他是干什么的。"保安说。

别墅区不时传来狗叫，有的像牛叫，有的像狼嚎，还有的像猪哼。现在所有值钱的东西，叫声都不像狗，模样也不像狗，由此看来，别墅区里大都是名犬。偶尔听到两声真正的狗叫，也就是那种土狗的叫声，崔鹏便感到亲切无比。他小时候养过一条狗，当然是土狗，忠诚得很，好养得很，能啃上一块骨头就算过年了，吃上一泡屎就算改善生活了。哪像现在的狗，肉啊，鸡蛋啊，牛奶啊，一样都不能少。这还不算，你还得把肉给它剁成肉馅，把鸡蛋给它蒸熟了；牛奶呢，也得给它加热，否则它会拉肚子。此外，你还得用绳子拴着，因为一不留神它就开小差了。世道真是变了，连狗都不忠诚了。崔鹏朝东边望了一眼，因为那两声真正的狗叫，是从别墅区的东部传来的。

"这里面也有土狗？"崔鹏问。

"有一条，是一个老头子从老家带来的。老头子是个农民，在这里替儿子看房子。儿子是做生意的，三天两头往国外跑。"保安说。

"整个别墅就那条狗没有名字。当着老头的面，我们都叫老乡。老头一离开，我们就叫它乡巴佬。"门卫说。

此刻，已经很多人从各自的别墅走出来，牵着狗在院内溜达。他们彼此之间都不说话，甚至都懒得点头。倒是那些狗彼此都很热情。它们虽然品种不同，叫声不同，但仍然热衷于交流，交流的方式主要是闻对方的屁股，除了闻，还要舔。如果主人不把它们拉开，一只狗很快就会骑到另一只狗的身上。崔鹏发现，骑上去的肯定是公狗，但被骑的却不一定是母狗。

一个深目隆鼻的老外也出来了。崔鹏首

先看见他身边的那条狗，然后才看见他挎着的那个女孩。那条狗大如牛犊，走起路来很文雅，走的是猫步，有如老虎散步。它全身都是红的，只是顺着脊背长了一条黑线，一直延伸到尾巴。崔鹏不由自主退了一步。

"那是什么狗？"崔鹏问。

"苏联红，名叫保尔。胃口大得很，一顿要吃三斤牛肉。"门卫说。

崔鹏以为那个老外是俄罗斯人，但一开口，人家说的确是英语。崔鹏刚参加过职称外语考试，英语还是能听懂几句的。他听见老外对姑娘说："I don't feel alone anymore（我再也不感到孤独了）。"不再孤独，究竟是因为苏联红，还是因为那个姑娘，老外没有明说。林妹妹又要朝苏联红冲过去，但被崔鹏拉住了。苏联红也看见了林妹妹，像猪那样哼了几声，听上去好像打呼噜似的。老外和姑娘在一个葡萄架拐了个弯，向南边走去了。那条苏联红跟在他们身后，缓缓地扭过脑袋，向这边张望。

崔鹏也该抱着林妹妹到南边去了。在小区的南部，有一个人工湖，湖边是人和狗散步的地方，也是狗相亲的地方。崔鹏现在就是要把林妹妹带到那里。崔鹏再次提醒保安，时间不早了，该过去了。就在这时候，崔鹏又听见了土狗的叫声。崔鹏想，那大概就是他们所说的乡巴佬。崔鹏随即看见一条土狗从前面葡萄架下跑了出来，它身后跟着一位高个子的保安，保安手中拎着警棍，一边走一边挥舞着，它显然是在追打那只狗。那是一条黑白相间的花狗，夹着尾巴，边跑边回头。它的一条前腿已经瘸了，所以走起路来好像不停地磕头。等它走近了，崔鹏看见它嘴里还叼着一只乌鸦。

"它就是你们说的乡巴佬？"崔鹏问。

"乡巴佬是一条黄狗。这是一条野狗。"门卫说。

什么野狗不野狗的。崔鹏很快就认出来了，它是周二奎的狗。二奎一死，二奎他哥大奎就想把这只狗给杀吃了，一铁锨抢过去，却没有把它打死，只是打折了它的一条腿。前几天，它还在学校门口晃荡。学校的几位老师想把它弄死，吃一顿狗肉炖萝卜，锅都支好了，它却不见了。原来它跑到别墅区来了。这会儿，等它走到门口的时候，门卫"啪"地跺了一下脚，那只狗就吓得差点卧倒，乌鸦也从嘴里掉了下来。那是一只已经晒干的乌鸦。门卫一脚把乌鸦踢到了门外，落在马路的中央。那只狗夹着尾巴跑了出去。它还想再次把乌鸦叼走，但高个子保安只是挥舞了一下警棍，它就溜着别墅区的围墙根儿，一瘸一拐地走了。

向湖边走去的时候，崔鹏还在问那个保安，到底能不能确定那是一条公狗。保安让他放心，说自己看得很清楚，肚子下面是有家伙的。保安说这话的时候，做了一个卧倒的姿式，还弯了弯头。他的意思是说，为了搞清楚它是公是母，他的目光放得够低了，比狗眼都低了。然后，保安就问崔鹏，儿子在课堂上还搞不搞小动作了。崔鹏让他放心，说自己看得很紧的。

"我吓唬他，再搞小动作就剁了他的手。看来他听进去了。"崔鹏说。

"也不给女生递纸条了？"保安问。

"早就不递了。你尽管放心，我肯定能把他送到重点高中。"崔鹏说。

"听说连续三年当选三好学生，录取时可以降分？"保安问。

"小家伙还有一定难度。不过事在人为嘛。"崔鹏说。

"林妹妹长得真漂亮。"保安摸了一下林妹妹的头，"漂亮得都不像狗了。"

湖边已经有五六条狗了，更多的狗正在向这边走来。湖边栽着银杏树、槐树、柳树、松树，还有一片竹林。二月八，狗走窝，眼下是农历二月的中旬，所以空气中有一股子腥气，是狗发情的腥气。崔鹏最关心的，自然是那只吉娃娃狗。他和保安在湖边的一块石头上坐了下来，那是一块完整的巨石，形状像乌龟。崔鹏环抱着林妹妹，用目光搜寻着那只吉娃娃狗。他没能看见那只狗，在他眼前晃动的，是藏獒、香槟狗、京巴、雪纳瑞、苏联红、沙皮尔、波士顿。离他几步远的地方，一个五六岁的小女孩也抱着一条狗，它是那么小，就像一只松鼠。小女孩的父亲蹲在旁边，膝盖上也卧着一条狗，是棕红色的，杏仁式的眼睛，老太太式的皮肤。这个主人真是细心，还给狗的趾甲涂上了蔻丹。崔鹏问小女孩，她的狗是什么狗，叫什么名字？

"博美狗，名叫芭比。"小女孩说。

哦，芭比，世界上最著名的洋娃娃的名字。保安也知道芭比，并且知道它是根据玛丽莲·梦露的形象设计的。保安的小女儿正上幼儿园，最喜欢的玩具就是芭比娃娃。

"小朋友，你叫什么名字？"崔鹏问。

"芭比，我也叫芭比。"小女孩说。

两只京巴狗从崔鹏面前跑过，落叶被它们带起，飘到了崔鹏的脚上。林妹妹也想加入它们的行列，在崔鹏的怀里扭来扭去。

崔鹏抚摸着它颈上的毛，试图让它安静下来，但它还是无法安静。崔鹏从西装口袋里掏出一粒巧克力豆，放到它的嘴边。它伸出舌头，向上一卷，就把巧克力豆卷了进去。它的舌头那么窄，那么尖，就像蛇信子。崔鹏问保安，养吉娃娃的那个人是做什么的。保安说，那家伙是个经济学家，经常上电视的，姓刘，刘德华的刘。

有两只狗从崔鹏身边一跃而过，那是两只香槟狗。它们很快抱成一团，在地上翻滚起来，身上沾满了松针，草屑。它们的主人，两个穿着短风衣的女士，站在竹林旁边看着它们，不时朝两条狗指指点点。"上啊，上去啊——"其中的一位女士跺着脚喊道。她似乎有些不好意思，喊的时候把手竖在嘴边。那条体型稍大的一点狗，大概听懂了主人的意思，回头看了一眼，两条前腿就抬了起来，爬到了另一只狗身上。"上去了，上去了。"那位女士很高兴。她高兴得太早了，被爬上的那一只，只是回头叫唤了一声，后面的那只狗就落荒而逃了。崔鹏怀中的林妹妹也被这一幕吸引住了，小小的脑袋伸得很高，眼珠子都快瞪出来了。

"汪，汪，汪汪——"崔鹏又听见土狗的叫声。

狗出现在了湖边的斜坡上。看够了奇形怪状的狗，崔鹏再次觉得土狗非常亲切，就像在他乡遇到了故交，在国外遇到了华侨。那是一条土黄色的狗，狗头上有几块黑斑，尾巴尖上有一撮白毛。林妹妹也看到了那只狗，它也叫了起来。与此同时，很多条狗几乎都叫了起来，包括那两只已经配到一起的沙皮狗。当崔鹏的目光从沙皮狗那里移开再次落到那只土狗身上的时候，那只土狗已经卧倒在地了。此刻，它背着斜坡上的一株柳树，像舞蹈演员似的高举着一条后腿，露出了长着白毛的肚皮。它勾着头，认真地舔着自己的生殖器。舔了一会儿，它就势打了个滚，又跑到斜坡那边去了。保安说，那条狗就是乡巴佬。

"怎么没见到那个老头子？"崔鹏问。

"老家伙很少出来。每天除了晒太阳，就是和狗说话，就是种菜。他儿子栽的竹子啊，月季啊，爬墙虎啊，都被他连根拔掉了。刚才还在那里翻地呢。"保安说。

保安手中的对讲机响了。保安拍了拍林妹妹的脑袋，就提前离开了。保安刚刚走掉，另一只狗又在斜坡上出现了。崔鹏呼地站了起来，因为那正是他期盼已久的吉娃娃狗。和林妹妹一样，它也是棕黄色的，或者说咖啡色的。它的亮相动作有些笨拙，正要从坡上冲下来，就摔了跟头，连打了几个滚。要不是刘教授拉着牵引带，它说不定就滚到湖里去了。刘教授穿着毛衣，围着一条鼠灰色的围巾，戴着墨镜，手里握着一只深红色的烟斗。那根牵引带也显得不同寻常，是玛瑙的颜色，闪闪发亮。

"看，宝哥哥，你的宝哥哥来了。"崔鹏对林妹妹说。

林妹妹看着湖水。那只名叫保尔的苏联

红，此刻正在湖水里劈波斩浪，老外和那个姑娘站在对岸，呼喊着保尔加油。崔鹏把林妹妹的脑袋扭过来，扭向了那只吉娃娃狗。但林妹妹非常任性，非要继续看下去不可。崔鹏一时心急，就在林妹妹的屁股上拧了一把。林妹妹夸张地叫了起来，在他的怀里又蹦又跳。好，很好！它的叫声刚好引起那只吉娃娃狗的注意，崔鹏看到那只狗一下子直立了起来，在夕阳下就像一只火红的狐狸。几乎与此同时，崔鹏欣喜地看到，刘教授举起烟斗向他打着招呼。

刘教授真是好眼力，上来就相中了林妹妹。"好狗，一看就是纯种的。"刘教授说。崔鹏没有想到，德高望重的刘教授竟然这么平易近人。崔鹏感动了，一感动就来了一句谎话："您是刘教授吧？我听过你的课。"崔鹏说。刘教授很有风度地笑了一下，说："教学相长嘛。"刘教授拾起林妹妹的蹄子看了看，又翻着林妹妹的嘴唇看了看它的牙口，说："还真是纯种的。纯种的吉娃娃狗不多啊。"

"见到您的书，我都要买的。"崔鹏说。

话一出口他就有点后怕。刘教授若是问他看的是哪本书，他可就傻掉了。还好，刘教授没有这样问。刘教授感兴趣的还是林妹妹，此刻正揪住林妹妹的耳朵，查看着它的耳尖。当然，崔鹏也在打量着那只吉娃娃狗。那只狗跷起一只脚，正挠着自己的耳根。

"几岁了？"刘教授说。

"两岁了。"崔鹏说。

"相当于十六七岁的少女，含苞待放啊。不过，它的体格有点偏大。"

"大吗？我还觉得它小呢。"

"No，No，No，吉娃娃狗是越小越好。前年的八月三十号，上海承办了第六届亚洲宠物展，有一只吉娃娃狗体重只有1.8公斤，标价多少？二十万！"

"二，二十万？"崔鹏摸了摸自己的耳朵。

"奇怪吗？什么叫市场经济？市场经济

就是周瑜打黄盖。好的宠物狗，就是more stable currency（坚挺的货币）。"刘教授说。

刘教授说话的时候，崔鹏把林妹妹放在那只吉娃娃狗旁边。那只吉娃娃狗很快就把鼻子伸到了林妹妹的屁股后面，用狗嘴挑起了林妹妹的尾巴，然后伸出舌头。崔鹏一阵激动，喉咙里响了一下。林妹妹还是一个处女呢，哪见过这种阵势？所以它的第一个反应是躲。但崔鹏不允许它躲。崔鹏用脚勾着它，再次把它送回到公狗身边。

"你的狗叫什么名字？"刘教授问。

"林妹妹。"崔鹏说。

崔鹏掏出火机，要给刘教授点燃烟斗，但被刘教授谢绝了。刘教授掏出火柴，自己点上了。那火柴似乎是特制的，火柴棒很长。崔鹏看到火柴盒上印着吉娃娃狗的图案！"这名字起得好呀。"刘教授吐了一口烟，说。崔鹏想，刘教授接下来就要说到那只公狗的名字了。他有点紧张，担心自己搞不懂那个名字里的学问，惹刘教授生气。他的担心是多余的，因为刘教授是这么说：
"它叫林妹妹，那我的狗就叫宝二哥喽？"
刘教授这么说，显然是同意了这门亲事。刘
教授不亏是个知识分子。是知识分子，就把
别人的幸福当成自己的幸福。具体到这件事
上，那就是把狗的幸福的也当成自己的幸
福。崔鹏想，明天就到书店里去，把刘教授
的书买回来，全都买回来。

宝二哥还在那里舔着，舔几下，把头扬
起来，闭着眼沉思一会儿，好像正在做出什
么决策似的。崔鹏想，前期的准备工作未免
太繁琐了，爬上去不就得了，一二三，上！
但宝二哥偏不，宝二哥用前爪挠了挠耳根，
慢条斯理的，一点点瞪圆了眼睛，才伸出了
舌头。

"你太太在哪里工作？"刘教授问。

"以前在纺织厂，现在在家。"崔鹏说。

"下岗了？国企改革难啊，本来是阵
痛，后来变成了长痛。"刘教授说。

"早就不痛了。痛也白痛嘛。"崔鹏说。

"不能麻木，要有信心。"刘教授说。

"搞了这么多年纺织，人家也烦了。"崔鹏说。

"烦？这可不好。要知道，纺织品可是中美经贸关系中的重要棋子。"

刘教授说得对。他也是这么看的，国际形势他也是很关心的嘛。问题是纺织厂倒闭了，她想上班也上不成啊。她倒是想撒娇地说一声"烦"，可她连撒娇的资格都没有。她每天都呆在家里，只有晚上才出去。出去干什么？到立交桥下贩卖盗版影碟。当然，这些事是不能告诉刘教授的。

崔鹏一边聆听刘教授的教导，一边留心着林妹妹，并动用自己的脚、腿、屁股，把躲躲闪闪的林妹妹一次次送到宝二哥身边。好，很好，宝二哥终于来真的了，崔鹏看见它先是后退了两步，然后猛一蹿，一下爬到了林妹妹身上。或许是准备工作做得比较细，所以宝二哥上去就进入了状态。只见它梗着脖子，弓着腰，踮着后腿，屁股在快速地撞击。它的屁股本来是圆滚滚的，此刻却变得有棱有角，筋络必露，有几根筋从屁股延伸到腰部，经过脖子，一直延伸到耳根。为了防止林妹妹逃脱，它还紧紧地咬住了林妹妹脖子上的皮毛。

就在宝二哥眼珠子都快蹦出来，发起最后冲刺的时候，刘教授突然站了起来。崔鹏还以为刘教授是要给宝二哥助威的，哪料刘教授一脚踢向了宝二哥。刘教授动作很大，只是在接触宝二哥的一刹那，动作才舒缓下来。

"搞什么鬼？"刘教授说。

刘教授用脚尖挑着宝二哥，要把它从林妹妹身边挑了下来。和崔鹏一样，宝二哥也愣了。宝二哥仰着头，抖动着下巴儿，似乎在询问主人，到底是什么意思。刘教授用烟斗敲了一下宝二哥的头，说："下来！"宝二哥没有下来，只是有些减速而已。刘教授弯下腰，烟斗在宝二哥肚子下面一挑，将宝二哥挑了下来。宝二哥显然有些眩晕，腿一软，卧倒在地上。

"玩着玩着，来真的了？"刘教授对崔鹏说。

"这也是周瑜打黄盖嘛。"崔鹏说。

"这我就得批评你了。太自由了，要出事的。不能由着它们性子来！"

"那，那怎么办呢？"崔鹏犯糊涂了。

"饮食结构要考虑，体力状况要考虑，交配次数要考虑。尤其是，一定要考虑狗的血统。这些问题都需要通盘考虑。反正不能由着它们的性子来。"刘教授扳着指头说。

"血统？您的意思是——？"崔鹏一时不知道说什么好了。你是吉娃娃，我也是吉娃娃，生下来的肯定也是个吉娃娃，这还需要考虑嘛？

"也就是说，我需要你出示林妹妹的血统证明，证明它是一条纯种的吉娃娃，同时，你也需要出示它的生育情况的正式说明，说明它没有和别的品种的狗交配过。"刘教授说。

崔鹏这一下是真糊涂了。林妹妹有没有

与别的狗交配过，碍你什么事呢？狗还要讲究彼此忠诚吗？还要验明是不是处女吗？刘教授看出了他的情绪，说："怎么，你不以为然是不是？"刘教授摇了摇头，似乎是在感慨崔鹏的无知。然后，刘教授朝湖边的女人喊了一声："小张，您过来一下。"被称为小张的女人对刘教授非常尊重，立即走了过来。走过来的还有另外一个女人。崔鹏发现，她们就是那对香槟狗的主人。刘教授对她们说："我告诉这位先生，需要给狗准备血统证明，他竟然有些不以为然。你们带证明了吗？让他瞧瞧。"那个叫小张的女人看看崔鹏，又看看崔鹏怀里的狗，说："那当然。否则谁能相信你的狗是吉娃娃狗。"

"你不是已经认定它是吉娃娃了吗？"崔鹏说。

"这是肉眼认出来的，谁知道它的祖上有没有杂交过呢？这得靠科学鉴定。"另一个女人说。

"否则，谁敢跟它——那个啊。"小张说。

小张果然从风衣口袋掏出一个红皮本，像课本那么大。崔鹏伸手去接，但小刘没有给他，只是让浏览了一下。崔鹏首先看到了上面的凹凸的钢印，钢印显示这是由"香槟狗血统鉴定委员会"正式颁发的证明，上面贴着香槟狗的彩色照片，并用表格列出了名字，性别，出生年月，父系证明，母系证明，生育状况，健康状况，等等。每一行的后面，都盖着鲜红的印章，那是年审的证明。

　　"刘教授德高望重，怎么会骗你呢？"小张说着，把本子塞回风衣口袋。两个女人向刘教授说了声"再见"，又向宝二哥说了声"bye，bye"，然后走掉了。她们都没有搭理林妹妹，好像林妹妹真的是一条野狗，听不懂她们的英语。

　　崔鹏有些生气，当然不是生两个女人的气，而是生刘教授的气。既然你说你的狗是宝二哥，那就等于承认了这门亲事，可在这节骨眼上，你怎么又变卦了呢？想不通，崔鹏真是想不通。崔鹏看到，林妹妹也生气了。但它生的是谁的气，是刘教授，还是宝二哥，还是那两个女人？崔鹏无法判断。只见林妹妹先用爪子挠了挠下巴，又用爪子洗了洗脸，然后猛地一蹿，从崔鹏的怀里蹿了出去，跑向了那两个女人。吉娃娃狗的报复心是很强的，所以崔鹏以为它是要报复她们，要在她们的腿肚子上留下牙印，所以赶紧去抓牵引带。但林妹妹的动作太快了，在它的带动下，牵引带像蛇一样在地上摆动，使他无法抓住。林妹妹还在追那两个女人，眼看着就要追上了，却突然一蹬腿，来了个急转弯，跑向了湖边的竹林。

它一定是感到没脸见人了，崔鹏想。它平时娇生惯养，顾影自怜，还有一种姑奶奶的傲气，可现在却连献身都献不出去，当然会感到没脸见人。崔鹏正想着如何安慰林妹妹，宝二哥突然"汪"了一声。崔鹏想，你还有脸叫唤？要不是你刚才过于磨蹭，光打雷不下雨，怎么会连个媳妇都看不住？你就等着打光棍吧。但是，宝二哥接下来的动作，使崔鹏顿时感到自己误解了人家。宝二哥叫声未落就蹿了出去，顺着林妹妹刚才的跑动路线，向竹林那边跑去了。它跑得那么快，甚至连翻几个跟头。崔鹏想起了《红楼梦》里宝二哥的一句话，叫"任凭弱水三千，我只取一瓢饮"。看眼前这只宝二哥的架势，即便跟前有一百只吉娃娃狗，人家宝二哥也只要林妹妹。好，好得很啊！崔鹏想，刘教授吧刘教授，你就等着好戏开演吧。这时候，崔鹏听见一阵熟悉的声音，那是孩子们的声音。崔鹏循声望去，看到了自己的三个学生，带头的就是保安的儿子，另外两个就是刚才在坟地里逮蝎子的家伙。他们显然是来看热闹的。保安的儿子虽然年龄最小，个头最小，但却是最神气的。他有资格神气，因为那两个同学是被他带进来的。现在他是屁股朝前倒着走，边走边向同学训话："以后有好事，一定要想着我，听见没有？"那两个同学纷纷点头。保安的儿子拉住其中一位，问："上回你家里的奶牛配种，为什么不叫上我？"原来这几位是专门来看狗交配的。看就看吧，就当上了一堂生理卫生课。崔鹏想，如果他们走了过来，他就对他们说，这是刘教授，大经济学家，我们能不能早日实现小康，靠的就是刘教授这些人。可他们并没有朝这边走。他们突然向一颗高大的梧桐树跑去了。在梧桐树下，那只被称为保尔的苏联红正和一只藏獒对峙着。它们各进一步，又各退一步，然后各进走一步。它们呼噜呼噜的喘气声，隔得很远都可能听到。

"冷战，这就是冷战！"有人说。

"早剃头，早凉快！上啊！"有人在旁边起哄。

崔鹏关心的还是林妹妹和宝二哥。竹林就是它们的洞房，他想，此时此刻，林妹妹和宝二哥一定正在交配。为了给狗足够的交配时间，崔鹏想出了一个话题，当然这也是他心中的一个疑问。就算林妹妹不是纯种的吉娃娃，可这跟宝二哥有什么关系呢？狗嘛，露水夫妻嘛。可他刚把这个意思说给刘教授，就遭到了刘教授的严厉驳斥："露水夫妻？你说得轻巧。如果你的狗不是纯种的，即便我（的狗）再纯，你（的狗）生下来的宝宝也不会是纯的。即便你是纯种的，可如果你不能证明它是纯种的，它的狗宝宝也不会被认为是纯种的。到时候，人们会问，它们的父亲是谁啊？你肯定会说，是刘教授（的狗）。好，这么一来，人们就可能认为，是我（的狗）血统出了问题。以此类推，我的兄弟姐妹的血统就都值得怀疑了，我的父母的血统当然也值得怀疑了，再往前推，爷爷奶奶的血统，肯定也好不到哪里去。血统问题可不是闹着玩的，一颗老鼠屎只坏一锅粥，可一只杂种狗就能坏掉所有的狗。"说到这里，刘教授突然想起了他的狗。他刚才在往烟锅里装烟，没有发现宝二哥早就溜了。

"我的宝宝呢？"刘教授问崔鹏。

"刚才还在的。咦，我的林妹妹呢？"崔鹏说。

"是不是你把它们藏起来了？"刘教授用烟头指着崔鹏。

"您看见的，我一直在听您讲课，并没有离开。"崔鹏说。他想，这会儿两条狗说不定已经配完了，生米已经煮成熟饭了。

刘教授的烟斗还戳在崔鹏的鼻子跟前，并且随着刘教授的哆嗦在不停地抖动。老家伙显然生气了，崔鹏想。眼看着烟头越抖越厉害，崔鹏真担心老家伙突然来个脑出血或者心肌梗塞什么的。当刘教授用手撑着地，慢慢坐到地上的时候，崔鹏真的以为他已经开始犯病了。崔鹏甚至想到，如果这家伙真的突然死掉了，自己是应该悄悄溜走呢，还是应该高呼救命？但就在这个时候，刘教授突然拉了他一下。

"坐下，我有话问你。"刘教授说。

"两只狗是不是一起跑掉的？"刘教授问。

"反正都不见了。"崔鹏说。

"好吧，事已至此，也只好亡羊补牢了。"刘教授说。

刘教授说着又站了起来，拉着他往竹林的方向走。"等你的狗下了宝宝，一定第一时间通知我。"崔鹏想，看来刘教授已经无奈地接受了这个事实。崔鹏一连声地说："一定一定。"刘教授说："如果没有我，你能怀上宝宝吗？"崔鹏说："当然不能，天方夜谭嘛。"刘教授下巴一收，说："所以说，有我一半功劳。"崔鹏心里一紧，想，刘教授不会是向我要钱的吧？他会要多少钱呢？一百还是二百？总不会是五百块钱吧？那可是我半个月的工资啊。刘教授伸出手掌，然后把大拇指勾了回去。四百块钱？崔鹏想，老家伙真够狠的。崔鹏说："是不是有点——"老家伙还算通情达理，又把食指勾了回去。崔鹏说："好！谢谢您的理解。"他没有料到，老家伙说的并不是现钱，而是狗。

"说定了，哪怕它下了一百只狗宝宝，

我也只要三只。"老家伙说。

三只？一只狗两千块，三只狗就是六千块。这说的还是公狗，是最低价。崔鹏心里呻吟了一声。不过崔鹏很快就又想到，猫三狗四嘛，四个月以后的事，谁能说得准呢？到时候我说林妹妹只生下了两只小狗，他又能拿我怎样？我要说只生了一只，他又能拿我怎样？我要是来点儿狠的，说林妹妹根本没生，他不也是干瞪眼没办法吗？但刘教授不亏是刘教授，想得很周到。刘教授当场掏出一个本子来，要和崔鹏当场签个合同。刘教授还把刚才的那个张女士叫了过来，要让她当个公证人。合同是刘教授起草的，合同中还有一项，即由刘教授负责与吉娃娃狗血统鉴定委员会疏通关系，给林妹妹补发纯种吉娃娃狗证书，但五百块钱的相关费用由崔鹏承担。崔鹏想，老家伙太狡猾了。这个老家伙，老混蛋，狗东西，事情发展到这一步，肯定是他预谋好的。

崔鹏和刘教授蹲在竹林旁边，悉心听

着竹林里面的动静。里面不时传来几声狗叫，是那种唧唧唤唤的叫，间杂着呲嘴的声音，一听就是狗夫妻在呻吟。"没错，是宝二哥。"刘教授说。刘教授还把烟斗递给崔鹏，让崔鹏也来上一口。崔鹏说戒了，刘教授说戒了好，戒了好，被动抽烟会影响胎儿的发育。刘教授显然指的是狗胎。看来，刘教授已经开始关心林妹妹的后代问题。

"您跟吉娃娃狗血统鉴定委员会的人很熟吧？"崔鹏问。

"他们的主任我认识，巧了，主人就姓吉，不过是吉鸿昌的吉。"刘教授说。刘教授站了起来，跷起一只脚，用脚尖挠了挠另一条腿的腿肚子。真是个狗东西！崔鹏想。现在，崔鹏想进竹林看一眼，里面笋尖密布，他担心压在宝二哥身下的林妹妹被笋尖刺伤。可他刚刚抬脚，刘教授就说："宁可食无肉，不可居无竹，切勿损坏竹林，OK？"崔鹏只好把脚收了回来。收回来的时候，他用右脚挠了挠左腿。别说，这样挠痒还真是够缓解紧张。但这时候，他突然听见那几个学生在喊他的名字。"崔老师的狗，肯定是崔老师的狗。"这是保安儿子的嗓音。另外两个学生，说得更为简洁，说的不是"崔老师的狗"，而是"崔老师"。

"崔老师被强奸了呀。"

"哎呀，崔老师疼得都不会叫唤了。"

"My God（上帝）！"小家伙竟然喊起了上帝。

"错了，不是God（上帝），是dog（狗）！"另一个说。

崔鹏的第一反应，是那几个学生就钻在竹林里。但他的耳朵告诉他，那声音是从别的方向传过来的。那边，桃花开得正闹。有一股人造瀑布从那里流出，注入湖水，所以桃林那边竖着一个牌子："桃花源。"难道林妹妹不在里面？崔鹏赶紧闯进竹林。往前只走了几步，他就看见了那对狗，一只是香槟狗，另一只还是香槟狗。它们屁股对屁股，就像一对连体婴儿。当他从竹林里退出来的时候，刘教授问他："怎么样，快完了吧？"崔鹏没有搭理他，掉头就往桃花源那边跑。他首先看到了那三个学生，他们蹲在地上，歪着脑袋，目光贴着地皮朝一个方向望着。他们看得太认真了，竟然没有发现崔老师大驾光临。顺着他们的目光，崔鹏看了一眼，只看了一眼，他就跪倒在地上了。他的姿态与林妹妹身后的那只狗，可谓异曲同工。那只狗也跪在地上，当然跪的是后腿。它的两条前腿把林妹妹抱离了地面，就像袋鼠妈妈抱着自己的婴儿。它还在用力，身体一耸一耸，不停地向前移动。它身边的那株桃树开得正艳，正是倚着那棵桃树，它才不至于摔倒。也就是说，它是围绕着那棵桃树，以顺时针的方式兜着圈子。林妹妹细小的尾巴，歪在一边，而那只狗的尾巴却夹在跪倒的两条后腿之间。那是一只土黄色的狗，土狗，头上带有黑斑的。崔鹏认出来了，它就是被保安称为乡巴佬的那条狗。

"上帝呀！"崔鹏喊了一句。

"我的妈呀！"这次，崔鹏是在呻吟。

他几乎是连滚带爬向它们赶过去的。尽管如此，他还是迟到了一步。乡巴佬突然来了个急转身，接下来，两只狗的屁股就紧紧连在一起了。因为个头矮小，所以林妹妹是被吊在乡巴佬的屁股后面的。它的前爪无法着地，在空中乱抓一气。此刻，它就像个乡巴佬的肚子流出来的一嘟噜肠子，一块肝，一块肺，或者就像一泡狗屎。这奇异的一幕几乎吸引了所有人的目光，包括他们的狗。众人都向它们围了过去，一位女士首先把一只高跟鞋砸向了那只土狗，但那只土狗却不以为耻，竟然把高跟鞋当成了骨头，咬在嘴里竟然舍不得丢掉了。这个动作，自然会被看作是公然挑衅，所以一只半截砖头很快飞了过去，并且击中了土狗的腰部。土狗一个趔趄，躺倒在地了。人们继续向它们进逼，走在前面的还有两个戴着白帽子的厨师，他们本来是看热闹的，这会儿却各拎着一只暖水瓶，瓶盖已经揭开。他们准备把滚烫的热水泼向两只狗的连结处。当然，在所有人当中，崔鹏是走在最前面的，他的一只脚已经抬起，他要亲自将那只土狗踢死，但是，还没有等他靠近，那只土狗突然翻了个身站了起来，"呲"的一声，露出了锋利的牙齿。当一个厨师将整个暖水瓶砸向土狗的时候，随着"砰"的一声闷响，土狗跳了起来，林妹妹和土狗也突然飞开了。准确地说，是林妹妹被远远地甩了出去。

　　但崔鹏没有去抱林妹妹。他的目光紧紧跟随着那条土狗。土狗穿过人群，朝湖边跑去的时候，崔鹏和一群人紧紧跟在后面。当那只土狗越过湖边的斜坡，朝院墙那边跑去的时候，崔鹏还在后面紧追不舍，但现在已经只剩下了他一个人了，手中拎着一截砖头。那只狗跑着跑着，突然开始散步了，当崔鹏靠近它的时候，它又跑了起来。崔鹏在后面跟着，越过别墅之间的草坪，绕过一幢别墅前面的假山的时候，别墅区里已经是灯火璀璨。他看到刘教授，但刘教授却装作不认识他，把脸扭了过去。一根电线杆出现在土狗的面前，土狗绕着电线杆闻了一圈，跷起后腿撒了一泡尿。崔鹏连忙追了过去。崔鹏看见了保安，保安和他招呼的时候，他却装作没有听见。他看见保安对那只土狗很友好，还吹了一声口哨，保安不是想让儿子当三好学生嘛，去他妈的，永远别想这等好事了。

他随着那条狗走出别墅区的东门，走上了五环旁边的铺路。他手中的砖头越来越重，但那只狗却消失在了灯光夜色之中，再也看不着了。崔鹏还在跑着，他不知道自己要跑到哪里，跑到何时，也不知道自己为什么要跑。他手中的砖头，还有他披头散发的样子，使路人纷纷躲避。

堕胎记

　　和别的高校一样，到了九十年代末，新闻联播一结束，我们的公寓就要杜绝女性的进入。把门的老张是个退伍军人，他甚至拒绝夫人们到公寓探亲，出示结婚证也没用。"有这玩意儿（指结婚证），你们可以到旅馆里去住，在那里想怎么搞就怎么搞，天搞塌了，也没人管你们。"这是老张的原话。老张指出的是一条光明大道，可是没人愿意理会。因为这幢公寓里住的进修教师和博士生，虽然比一般的本科生和硕士生有钱，可毕竟还算是穷学生。据校方说，到了下个世纪，门就放开了，不光男生的门放开，女生的门也要放开。下个世纪眼看就到了，可我们还是高兴不起来。原因很简单，我们对校方的许诺从来就没有相信过。再说了，到了下个世纪，我们当中的大部分人都已经离开了学校，它放开也好，不放开也罢，跟我们又有什么关系呢？

可是十二月中旬的那天晚上，一个女孩闯了进来，并且没有女扮男装。那大概是十点钟左右——说清楚这一点是必要的，因为从九点到十二点这个时间段，老张的精神最为集中。他支着耳朵，竖着眉毛，就像狗和猫头鹰似的，从他的眼皮底下溜进来，实在是件困难的事，等她出现在我们宿舍门口的时候，我的第一个反应就是关于老张的：老张出事了，脑溢血，还是心肌梗死？第二个反应才是关于她的：她要找谁啊？那时候，我正在和同宿舍的古汉语博士顾庆文下军棋。他刚吃掉我的一个师长，正在兴头上。我以为她是来找庆文的，就趁机把棋盘推开了。我没想到她是来找我的，她走到我跟前，把手放到了我的肩头。外面正在下雪，从她的发间流下来的一滴水，滴进了棋盘。同时，隔着毛衣和皮夹克，我感受到了她那双轻盈的手留在我肩膀上的重量。

我很快认出了她，她是哲学系的研究生，和廖希有着密切的交往。我跟她也交往过几次，可是这会儿，我却没能立即想起她的名字。多亏了顾庆文，我才能想起她叫黄冬冬。能够熟记许多甲骨文的顾庆文在我的暗示下躲出去的时候，隐秘地笑了一下，对她说：冬冬，你们先聊吧，我再找人杀两盘。顾庆文一走，我就频繁地称她冬冬，而不再使用第二人称代词，以示我真的是一直记着她。

她告诉我，她在外面站了好长时间，才找到机会溜进来，然后问这里怎么也不通暖气。我说，冬冬，那暖气片不是给我们用的，而是给国家教委"二一一工程"的审查人员看的。审查人员是秋天来的，所以我们就有了只能看而不能用的暖气设施。如果他们是春天来的话，我们可能连暖气片也见不着了。我问她找我有什么事，她说，没事就不可以找你了吗？

我一直留意着门口的动静，提防看门的老张突然出现。我提醒冬冬，公寓里不能多呆，还是出去走走为好，可她却突然一声不吭了。你是不是想在这里住一夜？我大胆地说了一句。她只是摇着头笑了笑，仍然没有吭声。我试着拉了她一下，她拍了拍膝盖，站了起来，可很快又坐了下来，回复到原来的姿势；双腿吊在床沿上，随着两个膝盖的轻微碰撞，她的腿给人一种夹得越来越紧的印象。

　　后来，她终于又开口了。她的声音很低，但我还是听清楚了。我怀孕了。她说。她的话音刚落，我就条件反射似的站了起来，将房间又巡视了一遍。我因为反应过头而显得滑稽了，连冬冬都笑了起来。

　　我的记性虽然很糟，但有一件事我没有忘掉，那就是我和黄冬冬并没有睡过觉。我之所以紧张，是因为担心她的话被不明真相的人听到，将这事记到我的头上。我很快就松弛了下来，并且还可以轻松地和她开两句玩笑了。我点上一支烟，对她说，站起来呀，只是下意识地把手放到肚子上面。正经点好不好？她嗔怪地撇了撇嘴说。接着，她就谈到了廖希，问我最近是否见到了他。你不是说过，遇到什么困难都可以来找你吗？所以我就来了。我知道你是好人，她说。我笑了起来。有一点可以肯定，她来找我并非因为我是个好人，而是因为我和廖希是好朋友。我想我已经大致明白了她的意思：她怀上了廖希的孩子，想让廖希出钱打胎，但又不好意思向廖希张口。

前天上午，我还和廖希在一起吃过饭，但在和廖希通气之前，我不想把廖希的行踪告诉她。我让她把call机号留了下来，答应一找到廖希就call她。

那天晚上，黄冬冬一走，我就赶紧奔赴廖希的住处。在应聘到《汉州日报》当记者之前，廖希是这所大学的新闻系讲师。他原来住在教工家属院的三号楼，和同系的一个姓李的讲师合住着一室一厅的小套间。他们觉得，二十一世纪马上就要到了，个人隐私也应该受到保护了，住宿问题应该好好商量一下，达成个协议。商量的结果是，一个出去租房住，另一个每月替对方分担三百元的房租，反正两个人不能住在一起。廖希一直在外面住，上个星期才和姓李的调了一下，搬回学校。

还好，廖希没有出去，让我逮了个正着。廖希是个音乐发烧友，有很高的的音乐素养，我进去的时候，他正在听英国室内乐团演奏的巴赫的大键琴协奏曲。他曾多次向我推荐这张唱碟。他现在是个大忙人，作为对生活的一种矫正，他反倒喜欢起了巴赫轻盈典雅的巴罗克风格，大键琴那散淡、超然的演奏，尤其让他着迷。我感到事情比较急，没等他听完就讲开了。我的讲述和英国室内乐团使用的节拍非常相似，在节奏上都是均衡如一的，但出于对廖希的同情和尊重，也为了避免给他留下幸灾乐祸的印象，我的讲述没有像音乐那样达观欣悦。在讲述的时候，我还发现在书架的第二层的两扇玻璃之间，卡着一张黄冬冬的照片。照片中的黄冬冬比她本人要漂亮许多，有点像是街头卖的明星照。我拿着那张照片在廖希面前晃了一下，说，你真得好好想想，这种事处理不好，会闹出乱子的。

她怎么不直接给我说？这是廖希说的第一句话。他的第二句话更让我无法应答：她是什么时候怀上的？还没等我愣过来，他就又说，黄冬冬上午还来过，还在这里吃了午饭，那张照片就是她刚留下的。吃过饭，他们还在一起聊了一会儿。她告诉他，她的毕业论文的题目已经定了，叫《道德与智慧》。她还说，她之所以想到这个题目，是因为刚在他送给她的报纸上看到一篇名人轶事。杜威与两个中国弟子胡适、蒋梦麟一起出游，遇到一个蜣螂（屎壳螂）推粪球，推到坡顶又滚了下来，于是从头再来。两位中国教授同声赞美蜣螂有毅力，可杜威却说，它是毅力可嘉，愚蠢可怜。蒋梦麟后来记下了此事，并评价说，两学生是东方子弟，所以首先想到道德，而美国老师是西方弟子，所以首先想到智慧。你看，屎壳螂都谈了，还有什么不能谈呢？难道怀孕还没有屎壳螂推粪球重要吗？廖希说。

后来廖希掐指算了一下，黄冬冬怀上的孩子应该有三个月大了，依据是他和黄冬冬睡的最后一觉是在三个月以前。三个月的胎儿有多大？大概和这个杯子差不多大吧？他端着咖啡杯说。他还拿着桌子上的一只吃了一半的烤白薯打了个比方，说，那胎儿顶多像它那么大。他这样说，无非是要显得若无其事。他又咬了一口白薯，然后把它丢进了垃圾筒。

说来好笑，廖希其实做梦都想当爹。他今年三十五岁，早到了当爹的年龄，可他的过分讲究体形的妻子曲波却不想生孩子。曲波眼下还在枋口，也不想调过来。有一次，曲波似乎改变了注意，说她怀孕了，想把孩子生下来。廖希高兴了半天，后来才发现是空喜了一场。这次倒好，他好不容易有了一个孩子，却不得不打掉。

廖希不是一个小气的人，他愿意出一笔钱，让黄冬冬去自行解决。廖希基本同意我的分析，黄冬冬之所以要我把怀孕的事转告给他，就是因为她不好意思开口向他要钱。廖希的意思是，只要黄冬冬开个价，不管多少，他都会如数把钱交给她，另外还可以再付给她一笔营养费。他还进一步表示，在她毕业分配的时候，他愿意利用自己的关系，将她留在汉州。廖希这样大度，让我都有点感动了。

第二天我就给黄冬冬打了个传呼。我以为她会满意这个条件，可她却说，她不要钱，一分钱也不要，也不需要廖希帮她找工作。她说她只想让廖希陪她去医院，因为她一个人去，有点害怕。她的理由很正当，所以我当场就替廖希答应了下来。可她提出的第二条件我就做不了主了。她不想在汉州的医院做手术，想到枋口去做，因为廖希以前给她说过，他在枋口医院有熟人。没错，廖希在那里确实有熟人，因为廖希本人就来自枋口。能找个熟人做当然是最好了，问题是曲波也在枋口。

可是奇怪得很，当我把黄冬冬的意思转告给廖希的时候，廖希却没有提出什么异议。他说，去就去吧，只要不出意外就行。我本来想提醒他要留意曲波，可话到嘴边，我又把它咽了回去。既然他能想得开，我还有什么担心的呢？

廖希很快就和枋口的朋友联系上了，连手术的日期都定了下来：下星期一的上午，医生一上班就动手术。星期五晚上，廖希为了感谢我的忙前忙后，提出要请我吃顿饭。他将我带到了离学校不远的紫金城公园门口的一家餐馆。上次，我的未婚妻来汉州时，廖希曾领着我们去那里吃过一次。那里的酱肘子和韩式烧烤确实别有风味，我的未婚妻后来还经常在电话念叨，并要我寒假回去时，捎几只酱肘子给她的父母尝尝。

到了之后，我才发现廖希请的不是我一个人。黄冬冬也在！并且早到了一步。她已经点好了酱肘子，面前烤架里的炭火也烧得正旺。那红色的炭火，却有着微蓝的火苗。她不喝酒，廖希单独为她要了一份杏仁露。带着血丝的牛排、羊排、羊凹腰，串了竹签的麻雀、鹌鹑端了上来，黄冬冬把它们放到了烤架上，并且老练地往上撒着盐巴、辣椒粉和孜然。看来廖希以前常带着她来这个地方。带着糊味的肉香，和花雕酒的气息，在这样的雪夜是多么沁人心脾啊。我和廖希端着温热的黄酒，和端着杏仁露的黄冬冬响亮地碰杯。

廖希把日程安排给她讲了一下，说明天（星期六）上午八点钟见面，早点坐车去，这样可以在那里好好休息一夜，以逸待劳。她说一切听廖希的，她没有意见。廖希说，这只是个很简单的手术，不要有什么精神负担。廖希这么说的时候，还打了一个掏东西手势。大概是意识到在黄冬冬面前做这样的动作有点轻率，他的那个手势做得并不是很充分。黄冬冬也看出了这一点，她笑了，并问廖希：我像是有负担吗？同样的话，她又向我问了一遍。确实不像，她很平静，看上去什么事也没有发生过。她主动叫侍者拿来一个杯子，说她也要喝上两杯。她的语气也是平静的，不像是要借酒消愁。如果我说的没错的话，她是被眼前的辛辣质朴的食物吸引住了，觉得应该开怀畅饮。她是个讲究的人，从随身携带的小包里掏出一包话梅，让侍者在温黄酒的时候泡进去，并且最好再往里面加点姜丝。

黄冬冬不算是美人，但她确实别有一番风韵。她不造作，很率真，这是我对她的基本印象。我记得两个月前，她向我表示她和廖希要尽量少交往，慢慢断绝来往的时候，我对她说，那咱们两个试试吧？这样说着，我就抱住了她。她并没有过分拒绝。吻的时间一长，她也有点动情了，面颊绯红，胸脯起伏不定，我甚至感受到她的乳头都硬了起来，但她却不允许我进一步深入，最后倒把我搞得羞愧难当。她请我原谅，还解释了半天，说她和别的女孩不一样，不能同时和两个男的有这种交往。我就问她，你不是说正要和廖希分手吗？她说，是的，她和廖希已经没有那种关系了，现在只是一般朋友。那么，另外那个男的又是谁呢？我不由得好奇心大发。她一边整理衣服，一边说：说出来你也不认识，他是搞建筑的，同济大学毕业，是个桥梁工程师。我问她，他是不是比我棒。她说不能这样比，因为各自的专业不一样，就像不能拿熊猫和波斯猫比较一样。我又问，他是不是比我强壮，一上床就龙腾虎跃。她立即伸出食指，戳了一下我的前额，骂我比廖希还坏。她还开玩笑地说，如果她和那个工程师没能谈成，她愿意把名额留给我。她是否说了谎，能不能说到做到，我是无从知道的，但她的坦率确实给我留下了非常美好的印象。

加了话梅、姜丝的花雕，果然有一种非常醇美的口感。我们都没有再谈打胎的事，我和廖希聊了一会儿足球，以及足球带来的新闻自由。黄冬冬和我们聊了一会儿她喜欢的网球。她说在诸多网球名将中，她最喜欢的是美国的阿加西，因为他的笑很羞涩，也很迷人。她衷心祝愿阿加西和波姬·小丝白头偕老。餐馆里的人渐渐少了，我们也走了出来。回到校园里，我们发现有人在玩雪。路灯下，地上的一层新雪闪着微弱的亮光，校园呈现出少有的寂静。人影在雪地里晃动的时候，给人一种抽象的感觉。她拒绝了廖希把她送回寝室的要求，说她想一个人走走，还说她最喜欢听雪在脚下发出的那种咯咯吱吱的声音。

我和廖希抽着烟，目送冬冬拐过了一个自行车篷。廖希拉了我一下，说：帮人帮到底，明天你和我一起去枋口，好有个照应，他还说，既然冬冬不要钱，那她找你传话可能就是这个意思。

黄冬冬真的想让我去枋口吗？我不知道，但我是想去的，至少可以像廖希说的那样，好有个照应。那一天早上八点钟，我准时赶到了廖希的住处。廖希正在跟机关头头打电话，说他想到枋口采访，在那里待上两三天。我在旁边听了直乐。廖希放下电话，我就问他，如果报社要他提供采访稿，他该怎么办。他说，不要紧，不管走到哪里，新闻都是现成的，随便写一个就可以交差了。他还说，现在的人有两大爱好，就是读报和通奸，报纸办得再差，也是有人看的，就像女人长得再难看，也总会有人上去凑热闹一样。

黄冬冬不在。一直等到上午十点钟，黄冬冬还没有来。我催廖希想想办法，比如到黄冬冬的寝室看看她是不是睡过头了，或者到哲学系的图书馆去一下，看看她是不是把这事给忘了，写论文去了。廖希说再等等吧，如果到十一点半还不来，他就去找她，然后赶下午的火车。

为了等黄冬冬，中午那顿饭我们都没有吃好。廖希从冰箱里翻了半天，翻出了两包速冻饺子。据廖希说，那还是姓李的讲师搬出去时留下来的。这期间，电话响过几次，但都不是黄冬冬打来的。下午两点钟的时候，廖希火了，他在房间里踢桌子打板凳，说搞什么搞，在这样搞下去，老子就不去了。书架上黄冬冬的照片，也被他取下来扔进了纸篓。

话虽那么说，廖希还是让我陪他找了一次。黄冬冬住在十号学生公寓。那个把门的也是一条机警的狗，和老张唯一的区别只在于她是条母狗。廖希向她出示了记者证，说他从总务处那里得知这个公寓管理得很好，他想上去采访两个学生，多掌握一些资料，以便能写一篇长文章，把这里的先进经验宣传一下，不亏是搞新闻的，谎话说起来一点都不磕巴，把那条母狗撩拨得心花怒放。

后来廖希一个人上去了。黄冬冬住在805

寝室，窗户朝南，从东头数第3个就是。我站在十号公寓前面的操场上，望着那个窗户。我当然不能看见里面的情景，看到的只是挂在窗外晾衣架上的乳罩、短裤，它们是那么小，从远处看就像是从树上长出来的蘑菇、木耳。和我一起在操场上张望的，还有另外几个男的，其中一个人向我借火的时候，还递给了我一支烟，过了很长时间，廖希才出来。他显然想到我会在操场上等，所以他一出来就径直来到操场。廖希来的时候，我正站在双杠旁边和那个借火的人聊天。他是个出租车司机，要等的那个女的住在五楼，为了保护隐私权，他没有透露具体的房间。他说他和那个女生是在歌厅里认识的，第一夜，他按市场价付给了她二百元钱，后来又连续住了几夜，感觉还像第一夜那么过瘾，这不，他刚送一个客人从机场回来，就来等她了。廖希站在旁边，惘然地等着那个人说完，然后对我说：今天去不成了，反正又不差这一天两天，以后再说吧。

黄冬冬那天没有去上课，也没有去图书馆，究竟去了哪里，同寝室的人也不知道。廖希的恼火可想而知，他只好再和枋口的朋友联系，说事情往后推了，详情以后再说。对那一天的失约，黄冬冬后来有自己的解释。黄冬冬是在第三天出现的。她先找到我，然后又和我一起去找了廖希。她的解释是，那天一大早，她就去了车站，并且替我们买好了去枋口的车票，她在检票口左等右等，开车时间就要到了，还没有等到我和廖希，她就把车票退掉了。她说那个时候她的肺都要气炸了，觉得上了两个臭男人的当。第二天，她本来还打算找廖希算账的。

她的话由不得我们不信。当她责怪廖希没有把话说清楚的时候，廖希也只好笑着向她赔礼道歉。她大方地原谅了廖希，并开玩笑地要廖希做出下不为例的保证。如果我是你妻子的话，我肯定饶不了你，她说。廖希说是的，是的，我请你吃饭。我在旁边打圆场，说再约个时间吧。明天怎么样？黄冬冬问廖希。廖希说这事他不能完全作主，得和枋口联系一下才能把时间定下来。要知道这种事放在咱们身上是大事，可放到医生身上就不算个事了，如果那个朋友明天不值班，或者另有安排抽不开身，那就没有必要去枋口了。廖希这么说着，在黄冬冬的肩膀上轻轻地拍了拍。黄冬冬的身体闪了一下，似乎想躲开廖希的手。她没有闪开，她那溪流似的秀发刚好流到了廖希的手上。廖希就又顺便抚摸了一下她的秀发。在那个瞬间，黄冬冬的脸突然显得非常妩媚，而廖希却有点发呆——他抚摸着那些秀发，望着那道突然闪现的乳白色的耳轮，好像走神了。

有那么一星期时间吧，廖希一直没有什么动静，黄冬冬也没有再来找我。他们那么沉得住气，倒显得我有点坐立不安了。我真的想让这件事早点了断。有一天晚上，我在梦中到了枋口，到了那个我从来没有去过的地方。我没有在街上逗留，直接去了医院。

在医院的走廊里，我来回走动着，女人（是黄冬冬吗？）的尖叫穿过一层层的紧闭或虚掩的门，从手术室里传出来，将医院后院的棕榈树的叶子都震动了。梦里的时间变换不定，一会儿是白天，一会儿是夜间，当棕榈树的叶子停止颤动的时候，月光下的树木和走廊都显得那么虚白。过了一会儿，我听到了婴儿的哭声，就像发出第一声鸣叫的知了那样，嗓音细细的，荡若游丝。接着那声音变粗了，哑哑的，还有点跑气，像是生手吹出来的笛音。然后一切都又无声无息了。我站在门庭下抽烟，廖希不知道从什么地方冒了出来，我们就边抽烟边聊，同时又等待着什么事情的发生。又过了一会儿，护士抱着一个婴儿来到了我们面前。我把手放到婴儿的鼻子前，手背所感受到的婴儿的气息，有如蚂蚁在爬动。我完全被那种细微精妙的感觉吸引住了。我向廖希说了我的那种感觉，但廖希很快打断了我。他说你胡说什么呀，婴儿早就死了。接着我就醒了过来。

就在那一周的周末，学校里出了一件事，一个女生在寝室里上吊自杀了。那个女孩也住在十号公寓。晚饭后，我和廖希散步的时候，不知不觉就走到了公寓前面的操场上接着灯光在操场上踢足球的人，有时会突然停下来议论几句，还有些过路的人拿着手电筒朝公寓楼上照着。因为众多手电筒的灯光频繁地停在六楼的一扇窗户上，我们也就搞清楚了女孩自杀的房间。我提醒廖希，这是条很好的新闻，应该上去采访一下。廖希说：等你提醒，那还不晚了？原来他下午就去过了，他告诉我，那个女孩是计算机系的学生，他已经到市二院的冷库里拍了照片。廖希还说，校方已经通知了女孩的父母，他们明天早上九点多钟就从江西赶来了。死去的女孩今年十九岁，据廖希说，女孩长得很好看，在冷库拍照的时候，他不由得想到了"冰美人"的说法。

一个如花似玉的姑娘，就这样上了天堂，实在是一种浪费。她为什么要上天堂呢？这是我和廖希共同关心的问题。廖希的想法和我一样，他也想到女孩可能是怀孕了。因为怀孕时间过长，错过了打胎时间，最后只好一死了之。他说，等着看好了，家长明天来了可能会闹事，但尸检结果一出来，家长就哑巴了。

这件事按说和我们没有什么关系，但它还是给廖希很大的启示。廖希当场就决定，要尽快把黄冬冬的肚子问题解决掉，免得留下后患。我笑话他有点杞人忧天，黄冬冬是个开朗有理智的人，不至于闹出什么事，但廖希认为还是谨慎点好。他说，在青春期，自杀冲动有时会像霍乱一样胡乱传染的。他的看法是，黄冬冬要是也从中得到了什么启示，以此来威胁他，或借此敲他的竹杠，他的神经可是受不了。

但是，接下来的几天，黄冬冬表示她得临时抱佛脚，应付英语抽考，事情就又耽搁了下来。考完外语的当天，廖希就去找了黄冬冬。那天我没有去，他们具体是怎么谈的，我并不知道。我从廖希那焦躁的神态上，看出他们谈得并不愉快。我问他，黄冬冬到底是什么意思。他说，黄冬冬说了，她刚考完有点累，想把这事往后放放。他告诉她，什么事都可以往后放，但这事不能再往后放了，他是替她着想，往后放一天，孩子就长一圈，到时候受苦的还是她自己。他催她明天就去。可她说，她真的是有点累，担心顶不住，从手术台上下不来。笑话，他对她说，怎么会下不来呢，又不是让你生孩子，你只管往上面一躺，别的事就不用你操心了。黄冬冬还是没有答应他，只是说晚上她要好好地睡上一觉，恢复一下精神，然后再决定第二天去还是不去。

很快就是元旦了。元旦过后，廖希正要再去催她，她自己送上了门。她说，还是廖希说得对，事情确实不能再拖了，她已经感到胎动了。照她的描述，胎动有点像气球在肚子里飘来飘去，既让她心悸，又让她觉得神奇。不行，我得赶快把它处理掉，要是再拖几天，我的心一软，可能就下不了手了，到时候，你这当爹的可该如何是好啊。她对廖希说。听她的口气，她说的事情好像与她没有多大关系似的。廖希被她说得一愣愣的，站在门后一声不吭，就像一个傻瓜。

当天（元月三号）下午两点多钟，我们就坐上了通往枋口的火车。出了市区，从雪地里反射过来的混乱光线，透过车窗玻璃，映在黄冬冬的脸上。我第一次发现她显得忧郁和不安。削果皮的时候，水果刀在果皮上打滑了，差点划破她的手指，但在整个旅行中，黄冬冬并没有什么反常的举动。她还从列车服务员手中买下了两本杂志，丢给了我和廖希，免得我们显得无所事事。她自己买了一包话梅，然后含着话梅和我们聊天。我们聊的和手中杂志的栏目有关：陈希同和王宝森、电影《泰坦尼克号》、克林顿与莱温斯基、电脑网络、人妖，等等。这期间，廖希用手机和他的朋友联系了一次，要求对方到车站去接我们。听他的口气，他和那人的交情确实很深。黄冬冬把廖希的手机拿过来，也打了一个电话。廖希问他是给谁打的，她只说是给一个朋友，别的什么也没说。大概没有人接电话，所以她很快就关掉了手机，把它还给了廖希。

回想起来。因为杂志上正在讨论新的婚姻法草案，所以我们也提到了爱情和婚姻。这样一个话题对我们来讲是那么不合时宜，所以它一冒出来，我们都巴不得赶快了结，但是，什么事情都不能由我们说了算，一个寂寞的旅客插了进来，一谈起来就没完没了。他的观点是，新的婚姻法其实更注重了物质的因素，而忽略了精神。他对分居三年之后才能离婚的条款难以接受，声称这表面上好像对妇女有利，其实并非如此。他提请我们大家作个设想，一个想离婚但又得等上三年的男人，是会把所有的怨气都发泄到女人头上的。三年呐，有这三年时间，那男的还不把女的锤成肉饼。为了突出那种暴烈的效果，这位旅客一次次地举起他的拳头。

　　就是在这种情形下，黄冬冬提到了她和廖希的关系。我当时的印象是，那是一种拐弯抹角地切入，有如低空飞旋的落叶无意中飘入光和影。她说，如果人们能忘掉自己的初恋，那么，什么事情都可以忘记。这样其实也挺好，因为既然已经忘了，那么每一次恋爱就都成了初恋。给初恋设计一个标准，然后把人们往里面套，也是一种形而上学。然后她问廖希是否还能记得自己的初恋，能不能把她和他的初恋情人做个对比。他肯定不记得了，黄冬冬咬着饮料吸管，对我说。廖希果然说他想不起来了。他话音刚落，黄冬冬就说：怎么样，我没有猜错吧？出乎我的意料，黄冬冬又说了一句，说她跟廖希不太一样，至少目前还没有忘记初恋。我没有搞清楚她的意思，提出让她讲讲她的初恋。她手中玩着饮料吸管，用胳膊肘顶了我一下，让我去给买一瓶饮料。她也没忘记话梅，隐秘地眨眨眼睛，说她现在就喜欢吃酸的。

快到枋口的时候，廖希拉我到车厢的接头处抽烟。天色已经暗了下来，丘岭、树林、废弃的矿山，都浮游在灰白色的雾霭里。一束晚霞在一个斜坡上刺目地亮了一下，又倏然消失了。廖希盯着窗外愣了一会儿，然后扳住了我的肩膀。他说他想和我商量个事。他的口气是那么郑重，让我一时都有点难以适应。你能不能扮演一次冬冬的男朋友？就这一次。他说。见我没有开口，他就又说，反正你在枋口又没有熟人，不会有人说你什么。以后，你有什么需要我帮忙的，我一定为你两肋插刀。然后，他又告诉我，他其实已经给枋口朋友说了，是陪着朋友和朋友的女朋友来打胎的。他再一次请我原谅，再一次提到了两肋插刀，并紧紧地抓住我肩膀上的肉，使劲地捏了捏。

事已至此，他又把话说到了这种地步，我再推辞就有点不近人情了，更何况最后要挨一刀的并不是我。我接过他递的烟，眯着眼望了一会儿窗外，又望了望他，突然有点神思恍惚。我感到手心里多了一点东西，低头瞧了半天，才意识到那是一笔钱。

你这是干什么？我吃惊地问他。廖希说那是手术和住宿的费用。我说，这就是画蛇添足了，既然你是陪我来的，我就可以把钱托给你照看嘛。他想了想，大概觉得这个理也能说得通，就又把钱拿了回去。随后，他像一个孩子似的，嘬起了自己的食指。

到了枋口，廖希的那个朋友果然在出站口等着我们。廖希告诉我他的朋友叫王金发。我上前和他握手的时候，王金发让我叫他老王。老王还和黄冬冬握了一下手，并夸她长得漂亮。黄冬冬说了一声谢谢。按照廖希的安排，我这会儿应该挽住黄冬冬的胳膊。我上去挽了一下，可黄冬冬却把手背到了身后。好在老王和廖希寒暄，没有看到这一幕。

有一位小姐在离我们几步远的一根水泥柱跟前站着，灯光照着她，使她显得格外俗艳。她穿着红色的高筒雨靴，一手拿着手电筒，一手拿着一把收拢的伞。她身后的两根高大的水泥柱上，贴着一副对联：安全行驶百天，迎接澳门回归。门楣上的横批是一国两制。我不好意思一直盯着她，就去欣赏那对联上的书法，并想着"安全行驶"和"一国两制"到底有什么关系。来来往往的旅客中，没有人去关心它，车站的人大概也不会多看它一眼。如果那个姑娘不站在那里，我也不会去看它。我发现对联里面行驶的"驶"字写错了，写成了奔驰的"驰"。在车站出现这样的对联和标语，总让人有点心理发怵，担心自己在百天安全期之外乘车，会不会遇到什么意外。那个女孩还在往我们这边看着。我没有猜错，他果然是和王金发一起来的。这时候，老王朝她打了个呜指，把她叫了过来。她一过来，就热情地和黄冬冬抱到了一起。老王说她姓艾。他还比划了一下，告诉我们是哪个字。我和廖希都叫了她一声艾小姐，算是彼此认识了。

我们都钻进了老王带来的那辆黑色的桑

塔纳。天已经彻底黑了下来，在零乱的街灯照耀下枋口的街景给人一种影影绰绰，杂乱无章的印象。廖希坐在司机旁边，我、艾小姐和黄冬冬坐在后面，老王另外租了一辆夏利车在前面带路。黄冬冬问廖希，这里的街道他是不是都很熟，廖希说，说不上熟，但他不至于迷路。后来，桑塔纳在一家川菜馆前面停了下来，吃得比较简单，最后是老王掏的钱。老王说，等事情办完之后，再请大家好好吃一次。廖希拍了拍我，说：看见了吧，我和老王是非常好的朋友，可以说是狗屁袜子不分反正。

王金发也把旅馆安排好了。旅馆在市区的西北角，名字很怪，叫忘川旅馆。经黄冬冬提醒，我才想起"忘川"二字来自《圣经》和希腊神话。廖希补充说，办这个旅馆的人在枋口很有名，曾经信仰过基督。后来虽然又不信了，但旅馆的名字还是留了下来，因为它已经成了招牌和商标。

艾小姐和黄冬冬去了另一个房间。我们

三个男的坐在一起，商量着第二天的安排。老王说，艾小姐就是人民医院的护士，他已给付了她一笔钱（他没有提具体数目），她会好好照料黄冬冬的。廖希开了句玩笑，问她是不是他的情人。老王说，怎么可能呢，兔子不吃窝边草嘛。他又对我说，他现在已经调出了医院，调动时和医院的关系搞得很僵，否则就没有必要拉艾小姐过来帮忙了。这么解释了一通，他突然一梗脖子，又说了一句：不过，是情人又怎么样？允许州官放火，就不许百姓点灯？廖希说，你现在不就是官吗，也称得上是百姓吗？老王这次没有梗脖子，而是低下了头：我这也能算官？这样的官在枋口有上千个。

转入正题，他说他已经给艾小姐交待了，对外就说黄冬冬是她的朋友，别的不要多说。你们甚至没有必要露面，明天可以睡个懒觉，做完手术，小艾就把她送回来了。你考虑得真周到，不过，这样行吗？廖希问。怎么不行？办这种事情，小艾早已经是轻车熟路。老王这么一说，我的心情突然变得轻松了许多。说心里话，我虽然答应了廖希，可真的让我来扮演黄冬冬的男朋友，我还是不免紧张。廖希也轻松了下来。王金发出去的时候，廖希还给我开了句玩笑，说他本来想安排我和黄冬冬一起住的，现在看来，我只好和他住一个房间了。

艾小姐当天晚上没有回家，她另外开了一个房间。老王走了之后，艾小姐还和黄冬冬一起来到我们房间聊了一会儿。她们两个人都刚洗过澡，热气把脸蒸得红扑扑的。黄冬冬长发披肩，看上去非常随意、素净。艾小姐没有穿袜子，我注意到她的脚趾刚涂了蔻丹，鲜艳夺目。后来黄冬冬说她想早点睡觉，就先回了她的房间。我们和艾小姐接着聊。话题慢慢跑到了冬冬的肚子上面，我们从艾小姐那里知道了一些打胎的知识。她告诉我们手术之前得把体毛剃掉，医生们把这称作"备皮"，然后把一个扩宫器戳到里面，把里面打开。手术的方式具体说起来有多种，比如钳刮术、负压吸引术、剖宫术，等等，但不管是选用哪种方式，医生都是很熟练的，没有必要担心，因为我们的基本国策就是计划生育，中国医生打下的胎儿，每年都可以组成一个小的国家。活儿比较多的情况下，一个妇产科医生一天打下的胎儿，就可以组成个街道托儿所。她打了一个手势说，打胎其实就像渔民掰开一只蚌那么容易。她还告诉我们，刚才她也把这番话给黄冬冬讲了一遍，让黄冬冬不要有心理负担。她还向黄冬冬保证，一星期之后就可以上床了，什么都不耽搁。

第二天，我和廖希还是早早爬了起来。七点半左右，老王在楼下鸣笛，我们看到桑塔纳已经停在那里了。老王再次表示我和廖希没有必要去，否则还得另外租车。廖希征求黄冬冬的意见，黄冬冬说，既然老王说了，那大概真的没有必要。廖希又倒过来问我。我说既然来了，还是去比较好。

艾小姐和黄冬冬坐桑塔纳；老王、廖希和我，另租了一辆车，紧随其后。枋口虽然只是个小城市，但车辆还是很多，加上正赶到上班时间，交通不时出现堵塞。老王说，迟到也不要紧，医生会等着我们的。话虽这么说，老王还是要求出租车司机从车缝穿过去，超过他那辆桑塔纳，好在前面带路，绕到另一条街上面。后来，我们在前面走，黄冬冬她们的车在后面跟着。过了一个街口，发现后面的车没有跟上来，我们就把车停到路边等了一会儿。大约十五分钟之后，桑塔纳出现了。通过后视镜，我看到它在急速追赶，但直到医院门口的时候，它才撵上来。桑塔纳还没有完全挺稳，艾小姐就打开了车门。她一开口，我们都呆住了。她说：冬冬下车了，说想呕吐，可她下了车，转眼间就不见了。

要不，顺原路回去找找她？过了一会儿，见谁也不说话，艾小姐怯怯生生地说了一句，她知不知道，我们来的是这家医院？

老王问廖希。廖希没有吭声，老王就又问艾小姐。艾小姐说，自己已经想不起来是否给她说过。

别担心，她又不是傻子，找不着我们，她会自己回到旅馆的。我说。

她会回旅馆吗？廖希说。看上去，廖希的神情还是比较镇定，但他其实心神不宁。他一直往路中央挪动着脚步，并朝我们来的方向张望着。有一辆夏利车从他身边开过的时候，司机摇下玻璃，骂了他一声"找死"。可廖希就像没有听见似的，仍然保持着那个张望的姿态。

我们很快就知道，黄冬冬并没有回到旅馆。黄冬冬临阵脱逃了！别说廖希了，连我都生气了。我和廖希一遍遍地问艾小姐，黄冬冬下车之前到底都说了些什么，有没有什么异常表现。艾小姐说来说去还是那么几句：冬冬说自己想呕吐，喊着让停车。一停车，黄冬冬就捂着嘴钻出了车门，跑向了路边的一个窨井。这期间，为了给后面的车让道，桑塔纳往前开了一小段，停到了路边。过了几分钟，见黄冬冬还没有过来，她就下车去找，找了一会儿没发现她的人影，她才感到事情有点不妙了。

　　只要看一眼那两天的廖希，你就知道了什么叫热锅上的蚂蚁，什么叫无头苍蝇。枋口虽然只是个小城市，但要想找到黄冬冬，无疑仍是大海捞针。她会去哪儿呢？回汉州了吗？我打电话托室友顾庆文找过一次黄冬冬，得知她并没有回去。她的老家在焦作，但她绝不可能回去，因为她没有必要让家人知道她未婚先孕，除非她是个傻瓜，但她分明又不是傻瓜。老王不在的时候，廖希第一次承认，以前曾夸张地向黄冬冬讲过他和曲波在婚姻上的不幸，还比较具体地谈到他多么想生个小宝宝。但那已经是很久以前的事了，那时候，他还没能和她搞上呢。莫非她真的去找了曲波？可她找曲波干什么呢，报复还是摊牌？

廖希抱着手机想了一会儿，往家里打了一个电话。电话没有人接，他就又打了114，问了问曲波单位的号码。单位里的人说，曲波随工会到海南旅游去了。廖希又向对方打听曲波是什么时候去的，什么时候回来。对方说了什么我不知道，我只看见廖希的眉毛一点点竖了起来，在眉毛之间形成了一个"川"字。

随着时间的推移，各种可能性都被我们一一排除了，当然新的可能性又不断地被我们罗列了出来。其中，最坏的两种可能性是这样的：一种是，黄冬冬蹲在窨井边呕吐的时候，说不定真的被后面的车撞住了，然后被人送进了附近的医院，现在，正在医院躺着呢：另一种更加恐怖，黄冬冬说不定已经不在人世了。老王回来的时候，又添乱似的提出了这样一个假设：由于黄冬冬是单身一人，又操着外地口音，所以她很可能被人贩子盯上了，说不定现在已经被转移到了乡下，正要卖个好价钱。这种说法因为过于离奇，一提出来就被我和廖希否定了。我们的否定还引来了老王的不满，他说：别不当回事，这种事情报纸上登过的，而且卖的就是女研究生。那你说怎么办呢？我问老王。老王说，卖就卖了，他有什么办法。到最后，我们谁也不敢再提什么假设了，因为每提出一个，都能把我们吓得半死。廖希已经有点傻了，有一次他在厕所里待的时间过长，我只好去看他到底在搞什么名堂，我看见他站在坐厕前面，翻着自己的包皮发呆。

那一天的后半夜，廖希哭丧着脸，第一次向我提起了他为什么会同意到枋口做手术。他说，其实他并不是没想到来枋口的诸多不便。之所以答应来，一是他确实跟黄冬冬说过，他在这里的医院有熟人，怀孕了也不要紧；二是他一直想给曲波造成一种似是而非似非而是的印象，那就是还有别的女孩爱她。他坦诚，让我扮演黄冬冬的男朋友，就是为了造成这种模棱两可的效果。他说，没有不透风的墙，曲波很快就会知道他带着

· 150 ·

一个怀孕的女孩子来了枋口，但怀疑归怀疑，有我在那里顶着，她就抓不到切实的证据。可是现在，一切都他妈的搞砸了。他说着，朝枕头踩了一脚，然后又要上厕所。我说你不是刚上过吗？他这才坐了下来。

天快亮的时候，我醒过来看见廖希还抱着枕头坐在暖气片跟前。我叫了他一声，他吓得一下子站了起来，并且连着打了几个寒颤。他说出了经过一夜的思考得出一个假设：黄冬冬会不会撇下我们，自己去打胎呢？

天还没有亮透，我和廖希就出发了，我们先去人民医院，然后是枋口中医院、妇幼保健医院。跑完市级医院，又去了几家区级医院。区级医院还没有跑完，廖希的身体就吃不消了。他的腰怎么也直不起来，就像烧过的大虾。他让我别担心，说他老毛病犯了。他的精神状态和胆囊的关系很密切，现在是胆囊里的石头在作怪，那一兜石头快把他的胆囊撑破了。

但是，在那一天，他还是坚持着跑完了最

后一家。在枋口的怀庆区医院，我们查到有个女孩昨天下午在这里打了胎，而且是艾小姐介绍过来的。廖希掏出手机，要和老王联系，让他去问艾小姐那个女孩到底是谁。但由于胆囊的疼痛，他一时想不起来老王的手机号了。我们只好祈祷那个女孩就是黄冬冬。

那一天下午，我们就是在那家医院度过的，当然不是为了摸清情况，而是为了廖希的胆囊。在医院后院的病房里，医生为廖希打了两瓶吊针。人们在打点滴时容易犯困，加上他昨天一夜没睡，他很快就睡意沉沉了。一开始，他还能强打着精神和我说东道西，问我是否对黄冬冬有兴趣，想和她睡上一觉。黄冬冬还没有影踪，事情的结果还很难预料，所以我当即就否认了他的说法，强调我纯粹是为了他才来到枋口的。打到第二瓶，他终于撑不住了，睡得像条死猪。不过，他很快就又醒了过来。他出乎意料地问起我对老王的看法。我不知道他是什么意思，只好实话实说，表明我对老王一点都不了解，谈不上有什么看法。廖希像说梦话似的，突然来了一句，说他一直怀疑老王就是曲波的情人。他说，老王拉那个姓艾的女人过来，其实是给他看的，表明自己有的是女人，用不着去搞曲波。廖希说着又笑了起来。笑完之后，他又沉沉睡去了。

天很快就黑了下来。医院后院的棕榈树上，披挂着一朵朵的雪。这和我来枋口之前做的那个莫名其妙的梦有点相似。偶尔有一声尖叫从某间病房里传出来，我就失神地望着棕榈树的叶子，看它是否会因此而颤动，上面的雪是否会抖落下来。我不关心廖希提到的曲波和老王，我想的是，这会儿黄冬冬会躲在那里呢？廖希说得没错，我确实是喜欢黄冬冬的，否则我不会跑到这个地方。但是，不知道什么地方出了问题，一直到她失踪，我都不知道应该怎样和她交往。我还想到了自己的未婚妻，想着她现在正和谁在一起吃饭，吃完饭要去哪里打发时光；想着她是否会打电话到学校找我。我正这样胡思乱想，感到肩膀上突然放了一只手。我打了一个激灵，差点喊叫起来。

来的是个医生，他问我病人是否还要在这里继续观察，是否要在这里动手术。医生说，病人的皮肤，黏膜和眼球的巩膜，都有点发黄，如不及时治疗，很可能会发展成黄疸。

廖希坚持要赶在曲波回之前离开枋口。他不想住院，更不想在这里动手术，理由是他不想让曲波看见他这种倒霉相。那个时候，黄冬冬已经给我们来过电话了，让我们不要再找她，还说她一切都好。我们回来之后，廖希向单位出示了他在枋口的住院证明，领导不仅没有查问采访一事，反而催促他赶快去手术，还给他很多安慰和同情。

我和廖希都没有再去找黄冬冬，当然黄冬冬也没有再来找我们。期末考试结束之后，我去设在学校食堂上面的舞厅里跳舞，偶然遇见了她。她和一个小伙子配对，在舞池中央跳得非常热烈。后来，当那个小伙子出去买饮料的时候，我撇开舞伴，挤到了她的身边，邀她共舞一曲。她迟疑了一下，还是答应了。跳舞的时候，我一直在想，应该和她说点什么呢？我本来想避开有关枋口的话题，但是"枋口"这个词最后还是跳上了我的舌面。她没有回避，说她那天确实呕吐了，呕吐过之后，她一时找不到那辆车了，就进了街边的电话亭给廖希打电话。拿起话筒的时候，她又试着往汉州打了一个。她说，这次她没有失望，那个长时间和她断掉了联系的建筑师刚好接住了她的电话。她生怕对方听不出她是谁，竟然连着把自己的名字说了三遍，就像在初恋中一样。说到这里，她顺便告诉我，她对廖希的感情，就是她的初恋。

乐曲再次响起了，那个小伙子又走了过来。她没有介绍我们认识，也没有再和他跳舞。她对我说，等走出了舞厅，我们最好谁也不认识谁。我和黄冬冬跳了一曲又一曲。在最后的舞曲声中，我们先后走出了那扇门，然后相向而去了。

错误

　　跟别人一样，一九九七年的春天到来之际，张建华的心情变得舒畅了，他对未来又充满了期待。在二月底的一个失眠之夜，他问自己究竟在期待什么，并把这个问题作了一番思考。职称被他排除到了一边，他已经三十六岁了，论资排辈，副研究员的帽子也该戴到他头上了；婚姻问题似乎也不在考虑之列，莎士比亚在《亨利四世》中是怎么说的？"离了婚，浑身都是痛快"；后来，他想到了诗歌，他从床上爬起来，光脚站在地板上，在零乱的书架上翻找自己的诗集。他想起自己有一首诗的题目就叫作《期待》，他想查看一下当初都扯了些什么，从那里面或许能找到一点线索。找了半天，也没能把诗集找出来，因为他把书名给忘了。重新回到床上，他的期待暂时变得非常具体了，那就是赶快闭眼睡觉。天快亮的时候，在早班公交车刺耳的鸣叫声中，他进入了脆弱的睡眠。

社科院的收发室就设在大门的内侧，它的粗陋（顶棚上搭的是石棉瓦）和院里的那些在悬铃木掩映下的雅致的小楼显得很不协调。张建华几乎每天都要从它旁边经过，但他很少拐进去。他的邮件不多，偶尔有一两个，收发员也会及时地送到他的办公室。最近两个星期，他的习惯改了，每次路过那里，他都要去里面转转，翻翻新到的报纸，或者在铁炉子上烤烤脚。收发员小刘是老院长的远房亲戚，他喜欢在别人面前夸老院长怎样位高权大，听起来非常滑稽。张建华也觉得滑稽，可他能听进去，并且能连听数遍。

往收发室跑多了，他的信也就莫名其妙地多了起来。后来，张建华在回想这事的时候，不由得觉得这两者之间似乎有某种隐

秘的联系。一些多年没有联系的朋友，现在
突然寄来了信。他先是收到了一位写朦胧诗
的朋友的信，这位朋友写出了名，换了个老
婆，然后就到美国当驻校作家了。据说他在
那边除了不写诗，什么都干。年前，这位朋
友给他打过一个电话，说了些什么，他已经
忘了。现在这位朋友写信说，复杂的内心生
活促使他重新提笔写作。张建华看了看，就
把信放到了一边。过了几天，他又收到了在
福建工作的一个朋友的信。这位朋友拉拉杂
杂地回忆了许多他们在上海上大学时的旧
事。写诗啊，初恋啊，喝酒啊，打群架啊。
信的最后一部分，他报告了他所知道的同学
们的近况。那些参与狂欢的人，现在参与了
另一种狂欢：一些人摇身一变皈依了基督，
用"阿门"作感叹词；一些人当了官，变得
谨小慎微；一些人从事畅销书的炒作，在生
活中对外国人说Yes，书中对外国人说No，白
杨树的叶子，两面都是光的。报告结束的时
候，他要求张建华将自己的看法写信或打电

话告诉他。

张建华没有打电话，也没有写信。他已经多年没写过信了。不光是因为懒，对他来说，填满一张空白信纸不是一件容易的事。

以后，他又收到了几封信，以及朋友们寄来的著作。他渐渐养成了读信的习惯，往收发室跑得更勤了。一个懒得写信的人，现在开始巴望收到别人的来信。在干燥的风沙弥漫的午后，张建华待在办公室里用方便面充饥的时候，常常把那些信翻出来，边吃边看。那些信就像是一些佐料，看着看着，难以下咽的方便面就下了肚子。

星期一的早上，他去上班的时候，照例又拐进收发室看了看。小刘正要去邮局取邮件。小刘说："张老师，待会儿我把信给你送上去。"快到十点钟的时候，小刘果然把信送过来了。他谢过小刘，然后把腿撩到藤椅的扶手上，使整个身子变得舒舒服服的。这是读信的最舒服的姿式。他拆开信，读了起来。他没过多久，他就把腿放了下来，恢复到了正襟危坐的姿势。

是一个女人来的信。信上说："建华，你大概没料到我会给你写信。"他确实没有料到。他已经有好多年没有收到过女人的信了。这封信的内容让他有点摸不着头脑。信里讲述了她和两个男人乌七八糟的关系，那两个男人他都不认识。信写得很长，有六页半，足足有三千字。那两个男人不像是什么好东西，像是两个无赖，有知识有文化的无赖，也就是人们常说的雅皮士。"雅皮士"是他读信时想出来的词，后来，他觉得这个词不够恰当，还是"无赖"一词更恰当贴切一些。整封信讲求细节的真实性，给人造成一种身临其境的幻觉。信没有落款，似乎是因为急于发信，而忘了写上去。

他是带着慌乱的心情读完第二遍的。读完之后赶快把它锁进了抽屉。他想了想，那两个男人都像是他，这一点基本上可以确定下来。他还想，信可能是别人的，这个院子里可能还有另一个人也叫张建华。读了别人的信，当然是不道德的，但这不能怪我，要怪只能怪收发员小刘。他想到这里，心里也就不再那么慌乱了。

星期四的中午，他的信箱里又躺着一封信。他一看信皮，就知道是同一个人寄来的。收发员小刘见他站在那里发愣，就用手指捅了一下的腋窝，说："张老师，我伯父（指退休的老院长）家的狗这两天生病了，你知道我伯父让它吃什么药吗？吃人丹。"他对小刘说："人丹好，我也常吃人丹。"他问小刘经十路25号是不是只指这一个院子，小刘说就是。他问这个院子里是不是还有人叫张建华，小刘说没有，"只有一个，那就是你呀，张老师"。

他把信取了出来。这次，拆信的时候，他不再有读别人的信的慌乱的感觉了。他读得很认真，想搞清楚这个女人究竟要对她说些什么。他就这样一直读了下去，两星期之后，他读到了第四封。

跟第一封信一样，这三封信讲述的都

是她跟男人交往的故事。信中的男人经常更换，但很不容易分辨出来。他们都大同小异，在床上的习惯也没有什么区别。好在她除了讲这个，还讲了些别的事，比如她和这个出去旅游过，和那个去听过新年音乐会，和第三个去参加过几次酒会，等等。他借助这些描述，勉强把他们分别命名为：旅客、发烧友、酒鬼、政客、信徒、仆役、作家、讲师。这些男人，出没在她的字里行间。在她的描述中，他们每天无所事事而又忧心忡忡。无赖们有时也能说出一些他张建华曾说过的话，譬如，"我并不悲伤，我只是不快乐"；譬如，"除了必有一死之外，我不会有别的事了"；譬如，"不是我排除了幸福，而是幸福排除了我"。有一天，他在信中读到一个信徒说的话，他大吃一惊。那句话出自莎士比亚的《亨利四世》，他本人也常引用："离了婚，浑身都是痛快。"在那一刻，他以为自己就是那个信徒。信中说，信徒仗着络腮胡子，动过阑尾手术，小腹上有个刀疤。那天晚上，张建华鬼使神差地用镜子照着自己的小腹，看到那里光溜溜的一如往常，他的神才稳住。

不消说，张建华曾多次想过，他很可能和这个女人有过交往，说不定还在一起躺过。他想，他早晚会在信中出现，在这篇纪实性的通俗小说中粉墨登场。他还想，自己登场之后，形象大概不会比别的男人好多少，大概也是一个无赖。无赖就无赖吧。他的胃口被吊起来了，想早一点看到自己在别人的描述中是怎样一副模样。女人的信向他提供了一个认识自己的机会，他得抓住他。不过，一想到自己会以一个无赖的形象贯穿在1997年，他就又有点闷闷不乐了。他恼恨这个隐匿在暗处的女人，因为她把他搞得坐卧不宁。

记忆中的女人被他筛来筛去。即使是在梦中，他的那把筛子也忙个不停。筛子的网眼有时大，有时小，筛子上的那些女人一时多，一时少。不管是多是少，那三个女人总在上面。她们都曾跟他有过较深的交往。他想起来了，她们都曾给他写过信，他差点把这事给忘了。时过境迁，这三个女人都已分别嫁给了别人，其中的一个，是先嫁给他，然后又嫁给别人，她就是他的前妻方瑞。

　　方瑞认为自己当初是因为"瞎了眼"的才错嫁给他这个诗人的。生活并不是需要诗歌，诗不能当饭吃，生活需要的是人民币和美元。张建华后来对她说："我已经不写诗了，算不上诗人了，你就饶了我吧。"方瑞没有饶他。嫁鸡随鸡嫁狗随狗的稳定局面已经一去不复返了。方瑞后来嫁给了一个旅游局局长。张建华给方瑞打电话的时候，才想到信不可能是方瑞写来的。电话一直占线。在这段时间里，他又想到方瑞也不是完全没有可能。儿子死了以后，方瑞就变得有点不正常了，改嫁之前，她就经常出现幻视。处于精神紊乱之中的方瑞，什么事都干得出来。有一段时间，她常给死去的儿子写信，在梦中和儿子对话。她曾一本正经地对他说：乘9路电车就可以去天堂。儿子是乘9路电车去幼儿园的时候被撞死的，她显然在幻觉中看见了天堂中的儿子。张建华终于拨通了电话，方瑞听出了他的声音，问他有什么事。他支吾了两下，还没有说出一句完整的话，方瑞就说："有屁快放，不放我就挂了，我要去三峡了。"接着电话就断了。他想，看来确实不是她。那几封信中显然出现过"天堂"这个词，但它指的是另一种"天堂"，是某种迷狂的边界。再说，我并不是她儿子，我只是她的前夫，这一点她还不至于搞混吧？即使她搞混了，她给儿子讲这些乌七八糟的事，有什么意思呢？

接下来，他给王丽萍挂了个电话。王丽萍嫁给了一个大学讲师，前段时间，他在金水路上偶然遇见了她。他邀她到他的住所玩玩，她说，不敢瞎玩了，先生现在盯得很紧，过一段时间再说吧。王丽萍这个人就是这样，她从不把话说死，给人留下一点希望的余地。他拿起话筒的时候，眼前就出现了王丽萍柔软的腰肢和肚皮上那道小小的疤痕。王丽萍的那道疤痕是她在武汉大学上学时割阑尾留下的，他当然不信那一套。不过，他并没有当面戳穿她。这会张建华想起来了信中出现过一段关于阑尾和疤痕，两者是对不上号的。不过，话也不能说死，不能以此就断定信不是王丽萍写得。很有可能，是因为她肚上有疤，她才注意到对方的疤，并把它描述下来的。还有另一种可能，在手忙脚乱、目光迷离的时刻，她看见自己的疤长在对方的身上了，写信的时候，她还没有发现这是一个错觉。

他对王丽萍说："喂，昨天我做了一个梦，梦见你的阑尾刀口发炎了，疼得哇哇直叫，你那个讲师懒得安慰你，你就一边叫，一边趴在床头给我写信。我放心不下，就拨通了你的电话。"

王丽萍一说话，他就意识到信不可能是她写的。她说："我先谢谢你的关心。

别急呀，我不是给你说过了吗？现在形势很紧，过一段时间，不用你催，我就会去找你的。"

在王丽萍说话的时候，"安红"这两个字已经在他的舌面上滑动了，那是筛子上的第三个女人的名字。安红喜欢直截了当。他记得有一次他看完法国影片《最后一班地铁》，在影院门后给她打了一个传呼，让她过来。见到她，他引用电影中的台词，对她说："你真美，看着你是一种快乐，也是一种痛苦。"安红说："别绕圈子了，你不就是想胡来吗？"

他现在倒真想逮着她胡来一次。那几封信激起了他这种欲望。他甚至觉得，他这样一个个地跟她们联系，并不是在追查信的作者，而是在借机重温混乱的生活，使自己更像一个无赖，以便和信中的描述相吻合。察觉到这一点。他忍不住颤栗了起来。

还要给安红打电话吗？他问自己。就在这个时候，他突然想起来安红已经潜逃了。

他是听一个朋友说的，安红在年前搅进了一桩案子，漏网跑掉了。

信还在来，只是来得不像以前那么频繁了。每次都是这样：他快要把这事忘掉的时候，信就出现了；她的信变得很短，像一封较长的电报，她似乎不是要向他报告什么事，只是要提醒他别把她忘掉。希望借助她的信，看看自己的形象，这一想法随着时间的推移，已经渐渐淡漠了。悬铃木抽出新枝，九七年的第一场雨来临的时候，张建华认识了一个新的女人，她是一个银行职员，刚离过婚。跟以前一样，他们在一起既不快乐，也不痛苦。

四月九号这一天，收发员小刘又塞给他一封信，又是她写来的，邮戳还是本市邮戳。他看了一会儿报纸，和同事们聊了一会克隆技术，然后才读信。信写得很短，撒泡尿的功夫就可读几遍。信上说："建华，说来说去，还是你好。你没有动过我一指头，我从来没有遇见过像你这样负责任的人，像你这样纯洁的人。"

张建华听到了自己的笑声。那声音像猫头鹰在叫，一点也不好听。他笑了一会儿，看看四周。同事们都在看报或下棋，没人注意他。他想起了自己当初整天巴望来信的情景。那时，他渴望着通过别人的描述看到自己，这一下倒好，等到自己终于登场了，他却觉得他一点都不像自己。与其这样，还不如干脆把他写成无赖呢。他想，这个聪明的女人大概正是通过这种方式，使他漫长的等待变得毫无意义。通过挂在报架上方的那面破镜子，他第一次看到了自己读信时的模样：虚肿的脸，发红的鼻尖，猿猴那样的厚嘴唇，僵硬地耸起来的肩膀。耸起的肩膀，似乎只有一个目的：把他的脑袋藏到身体里面。

到了晚上，那种奇特不适应感仍然没有放过他，他站在寓所的阳台上，无所适从地来回倒着脚。他望着天空，高大的悬铃木和在树杈间穿来穿去的电线，将他的视域弄得七零八落。楼下的中山北路，乱得不能再乱。水果摊、车辆、人、垃圾、玩具店，使得这段路就像一张五颜六色的卷饼。张建华尽量说服自己，这些信并不是写给他的，而是写给路上的某个人的，这从一开始就是个错误。他对自己说，站在这里是为了等待那个银行职员，这是他给自己找到的又一个理由。他到处张望，显出一副急切的样子，不过其中也不失真实的成分。他甚至突发奇想，把信件拿给银行职员看看，让她把它们寄给前夫和前边的男友。

从某个地方传来一阵锉刀的刮磨声。他逃进了房间。在影影绰绰的昏暗中，他期待着捕捉那个声源，他再一次没能如愿以偿，因为他没有料到那声音就发自他的脑壳，就像源于梦境的最深处。

故乡

　　公共汽车在一棵榆树前面停住了，隔着窗户，阎森看到站牌就钉在那棵榆树上面。人下去了一大半，剩下的大都在座位上睡觉。车迅速地开动了，然后又突然停了下来，并重新倒回那棵榆树跟前。那些睡觉的人都呲牙咧嘴地从睡梦中醒了过来，有人还捂着脑袋发出一声声尖叫。

　　果然又有两个人拎着包走了下去。这是九月中旬的一个午后，阎森看见那些下车的人，头也不回地朝一个镇子走去了。为了躲避刺目的阳光，他们一个个手搭凉篷。不用看榆树上的站牌，阎森也知道那个小镇就是吴起镇。这些年来，作为一个烟草商人，他和这个地方一直有着业务上的联系。镇上有他中学时代的朋友，他们都是他业务上的伙伴。售票员用脚去关车门的时候，阎森犹豫了一下，但他还是没有下车。他看到售票员蹬着门旁的不锈钢栏杆，也仰脸睡去了。这时候，他对自己说，即便我现在想下车，司机也不会停车了。

没过多久，公共汽车就行驶在山间公路上了。车要一直开到猕猴村，那个地方经过新闻媒体的爆炒，现在成了一个远近闻名的旅游胜地。阎森的出生地离猕猴村不远，所以那里也算得上是他的故乡。迎面开来许多运煤车，它们带来了许多灰尘，但许多乘客都顾不得这些了，他们都望着窗外，望着壁立千仞的悬崖，沟壑里的落满灰尘的杂树，奇怪的石头，纷纷表示着自己的兴奋。车开到一个布满松树的山沟旁边的时候，有一个游客掏出一包烟递给售票员，笑着求他说服司机把车停一下，好让他们下去照个相。售票员拿着那包烟看了看，从中抽出一支咬到嘴上，然后又把那包烟还给了那个游客。这个举动让阎森感到了一丝慰藉。当车在一个枯竭的瀑布前面停了下来，让人拍照留念的时候，阎森也从车上下来了。他绕到几丛酸枣树后面，撒了一泡尿。这是二十多年来他在故乡撒的第一泡尿，所以撒尿的时候，他竟然有点激动，不由自主地多抖了几下。回到了路上，他还冲动地拍了拍那个业余摄影师的肩膀，对他说，这个瀑布以前可大了，水花能溅到这里，打湿人的眼睛，现在，它只不过是个小小的水帘。

他这样说的时候，想起了自己小时候经过这里的情景。他的衣服确实经常被水打湿，有一次他从这里滑了下去，栽进了下面的深潭，差点淹死。那是他的第一次死亡经历，所以他现在还记得很清楚。他抓着枯枝败叶从水中爬上来的时候，发现有两只螃蟹钻进了他的裤管。他就带着那只螃蟹走进了小学。一个女孩看见他那副湿淋淋的样子，就嘲笑他是从茅坑里爬出来的。后来，他就把那两只螃蟹塞进了女孩的领口。女孩被吓傻了，连怎么哭都忘了。老师先给他换了一身干衣服，然后把他按到教室的门槛上狠揍一通。到了第二天，只要屁股挨着什么东西，他就像被火烫了一下，捂着屁股跳了起来。

想起了这件事，又因为有瀑布的标记，他才发现自己的出生地刚刚过去。过去就过去吧，他出生的那个村子在许多年前迁到了山下。不过，迁不迁和他都没有太大的关系，他的父母在他大学毕业那年就死了。

那辆车驶进了猕猴村外一家宾馆的停车场。宾馆建在半坡上，看上去和城里的宾馆没什么两样。服务员也不是本地人，好像带着四川口音。他和别的旅游者一样，在大厅办理了住宿手续。服务员问他要住几天，他忍不住笑了，他真的没想到多年之后会跑回这山沟住上一夜。直到汽车开进了停车场，他还没有想到要在这里住宿。当然，那个时候他也没想到自己不在这里住。他本来应该在吴起镇下车的。坐在车上的时候，他用手机给那里的两个朋友打了电话，如果不出意外的话，那两个人应该在镇子里等着他。在路过吴起镇的时候，如果那两个人在路边等着他，他可能就在那里下车了。那两个人没有及时赶到那棵榆树跟前，他就一直坐到了终点站。如果终点站不是猕猴村，而是另外一个村子，他现在可能就在那个地方。现在他跟着别人走进了宾馆，又跟着别人在这里排队登记，如此而已。

领到房间钥匙之后，别的人拎着相机出去了，只有他一个人待在房间里。他认真地阅读了一遍宾馆服务手册，连内容相同的英语部分，也认真地看了一遍。其实不看也没有关系，因为除了电话号码，上面的内容和别的地方没什么不同。他把服务手册重新放到电视机旁边，然后拿着遥控器准备打开电视。后来他没有看电视，因为跑这么远来看电视，实在是太滑稽了。不看电视，又能干什么呢？买票进村看猴吗？他从小就看够了那些猴子。小时候，在上学的路上吃东西的时候，一不小心，猴子就会把食物从他的手中抢走。那时候，山岗上到处都是猴子，他们常常用野果袭击行人。他进卫生间洗了个热水澡，洗完之后，又重新回到浴缸里泡了好半天，浑身通红地爬出浴缸的时候，天还是没有黑下来。宾馆后面的一堵高墙，显然是为了防止猕猴进来，他盯着那堵墙看了一会儿，想着墙的那一面一定贴了许多瓷片，否则猴子还是会从那里面爬出来的。碰巧有个女服务员进来送开水，他就拿此事问了问她。服务员笑了，说，那堵墙是为了防止人捕猎猴子建的。还说，如果他在宾馆顶层往下看，就能看到墙头的水泥里插着许多玻璃碎片。说完了这些，女服务员又把他打量了一番，问他是不是想和猴（子）交个朋友，是不是需要什么家伙。他当时没听明白，后来他才知道，"和猴（子）交朋友"的意思是捕猎，"家伙"指的是捕猎工具。

晚饭是在宾馆吃的。他特意点了两个号

称是猕猴村当地的特色菜，一个是面蒸红薯叶，一个是红烧牛肉丸子，但菜一端上来，他就大失所望了。面蒸红薯叶做得好坏就不说了，它竟然得蘸着辣酱吃！这里的人是不吃辣椒的，他们的习惯吃法是蘸蒜！红烧牛肉丸子里竟然有那么多的肉，而他从小就知道，丸子应该是芡粉和面做成的，里面只有少量的肉星。物以稀为贵嘛，只有少了，吃着才香。现在这么多肉糜糊在一起，吃着还有什么意思。如果不是他身心倦怠，他真想把这里的经理叫出来，告诉他这两道菜怎么做才算地道。这两道菜搞得他的心情有点恶劣，他早早地回到了自己的房间。他想要不要给吴起镇的朋友打个电话呢？有那么一段时间，见见老同学的想法，突然变得非常强烈。可当他真的打开手机的时候，他却觉得见不见其实都无所谓。为什么要见他们呢？从小学到大学，有那么多的同学，这些年不是基本上没见过吗？他们两个我倒是常见，多见一面少见一面又有什么区别呢？何况让他们顺着山路摸黑跑这么远来见我，安全也成问题。这么一想，电话号码的最后两位数，他就省去不拨了。

阎森现在盘腿坐在地毯上，就像是一条无所事事的狗。他把所有的灯光都拧到最亮。在没事的时候，他喜欢做这样的游戏，就是看自己投在地上的影子。随着身体、手势的变化，地上会出现各种图案。上大学的时候，他学的是建筑设计，同寝室的一位比他高一年级的同学对他说，他的毕业设计的灵感最初就是这样来的。他当然不相信对方的鬼话，但从那时起，他对这样的游戏也有点着迷，但是现在，因为到处都是灯光，他发现自己成了一个没有影子的人。他关掉了两个灯，但房间一些角落里的阴暗让他觉得忐忑不安，他就又打开了。在明亮的灯光下，他摸出了安眠药，打算多吃几片，早早入睡。拧开瓶子之后，他却发现药瓶空了。

第二天早上，他一起来就看到发往县城

的公共汽车已经走了。停车场的人告诉他，他可以赶中午的那一趟回城。他其实也只是顺便问问。要是真想走，他可以租一辆车直接回到汉州，而不需要到县城转车。

他随大流，也就是随着那些外地游客进了山，并一本正经地听着导游的解说：这条山脉是太行山的一翼……这里的山菌营养价值很高……有一个神话，说的是这里的人和猕猴有共同的祖先，所以他们长期以来一直友好相处……看见那块石头了吧，专家考证，它是从天上掉下来的，当地人称它为太阳神，太阳神足球俱乐部一直说要把这块石头买走，但当地人不同意……还有那个山洞，最远处的那个山洞，那可不是一般的小洞洞，是二郎神担山撵太阳时拿扁担戳的……

什么呀！那个山洞是怎么来的，他记得最清楚。是他的叔叔为了取石盖房用炸药炸出来的，他的叔叔就是那次死去的。哦，想起来了，叔叔的名字就叫阎二郎。不过这和神话中担山撵太阳的二郎神又有什么瓜葛呢？

许多人都在照相，有些好学的人还边听边记。听导游小姐这样胡说八道，烟草商人阎森一开始还觉得很有意思，起码有一种幽默的效果，但当导游小姐说到这里的民俗，说到这里的人死后都不下葬，而是放到一个用石头砌成的比棺材大不了多少的小屋里，和南方的悬棺有异曲同工之妙的时候，阎森听不下去了。他的父母就是埋掉的呀，而且是他亲手埋掉的。多年前，他的叔叔阎二郎虽然被炸成了肉星，但他还是和自己的父母一起，像采菌似的，小心翼翼地把那些肉星和骨头的碎粒搜集起来放进了棺材。

阎森离开了人群。有两个山民在山上放羊，远处看去，就像一绺绺云彩绕山间。在那一团团云彩下面的山坡上，他看到了一幢房子。有一缕青烟从那里飘出来，扶摇直上，然后融入云端。他点烟的手停住了，片刻之后，他听到自己的喉咙突然咕嘟一下，好像有什么东西冒了出来，或者咽了下去。

他真的没想到那幢房子还在。那就是他上小学时的教室。他朝它走过去时，对它的亲近感变得越来越强烈了。这样一种感觉因为有点陌生，而多少让他有点不适应。连着抽上两支烟之后，他的心情才变得平和。

　　他最后一次和它发生联系，还是在十五年前。小学唯一的一名教师谭如云老师不知道从哪里打听到他考上了大学，给他写了一封信，要他珍惜学习机会，莫等闲，否则白了少年头，空悲切。假期回家，欢迎他回到猕猴村看看。还说她已经给学校里的孩子们讲了他从小就勤奋好学，天天向上的事迹，孩子们现在都想见到他。他站在操场上读着那封信，鼻子发酸，泪水流了许多。他现在已经想不起来自己的回信是怎么写的，甚至想不起来当初是否回了信。那个时候，他正在和一个女同学谈恋爱。他记得有一次向那个女同学谈起过那封信，并说了自己的感动。女同学也想看看，和他一起感动一下，可他却怎么也找不到那封信了。

那个用树枝和泥巴围成的小院子里，有几个孩子在锯末堆里玩。阎森自己还没有孩子，他搞不清那些孩子的年龄。有一个十八九岁的姑娘坐在门槛上，她的面前坐着五个年龄稍大一点的孩子。阎森倚着院门上的一根圆木，听了一会儿，发现姑娘在教孩子们看图说话。姑娘看见了他，但并没有和他打招呼。她显然把他当成了一般的游客。

倚着那根被磨得发亮的圆木，他站了许久。他的眼前并没有出现自己童年时的画面，他只是在那里站着，看着那姑娘和孩子们，看着倾斜的院地，微微地有点激动，同时觉得一切都不可思议。那个姑娘见他迟迟没有离去，就从门槛上起来进了教室。那几个孩子大概知道老师进去和他有关，都扭头看他。离他最近的孩子，看得最认真，而离得近一点的，反而不好意思似的，看看他再去看看自己的脚。孩子们被叫进了教室，但是他们很快就又都出来了。这会儿，他们变得大胆了，包括那些玩锯末的孩子，他们在他身边跑来跑去。还有的在两根圆木搭成的院门反复进出，为的是能巧妙地和他来一次身体的接触。姑娘自己也走了出来，但一扭身又进了教室旁边的一间低矮的耳房。

就在他准备离去的时候，他看见一位整洁的老妇出现在耳房门前。那个姑娘想搀住她，但被她挡住了。凭着遥远的记忆，也凭着推理，他知道她就是他的启蒙老师谭如云。

他后来屈指算了一下，最后一次见到谭老师应该是在二十二年前，那时候，他还是一个不满十岁的孩子。真的不敢相信，这么多年过去了，谭老师还能认出他是自己的学生：都长这么高了，这么高了，上学时才这么高，这么高。谭老师比划着，手和地面的距离一会儿缩短，一会儿拉长。他早就是个成年人了，对老师在他身上使用的高与低的概念，他难免觉得好笑，但他心里还是温暖的。

小霞一定没你这么高，双胞胎大都长得一般高，可你们不一样，你是男孩，她是女孩嘛。谭老师的手又开始比划了。他这才听出来，老师认错人了，把他看成了某对双胞胎中的一个。

他把谭老师搀进了那间耳房。谭老师很高兴他的搀扶。在搀扶进屋的过程中，他已经得知双胞胎中的那个男的叫阎小建。他搬过了一把椅子，让谭老师坐下。等她完全坐稳了，为了不让那误会还持续下去，他对她说：谭老师，您的记性真好，还能认出我。不过，你把我的名字记错了，我是阎小森，阎大郎的儿子。

是呀，阎大郎，他不是阎二郎的哥哥吗？我记得呀。二郎是炸药崩死的。

二郎的侄儿你还记得吧？就是那个阎小森。他说。

阎小森那孩子多有出息呀，他从小就听话、爱读书，闹着要坐第一排，让他坐最后一排，他就哭。哎，你不知道，教室里只有两排座位。小森孝顺，上了大学，又把他爹他妈接到城里住了。小建呀，你什么时候见到小森了？

就由她说下去吧，反正他是不会待很长时间了，但那个待在房间里为他们准备茶水的姑娘，打断了谭老师：又错了，他不是小建，他就是你说的那个阎森，阎大郎是他爹，阎二郎是他叔。姑娘说着，还模仿着爆炸发出了"咚"的一声。姑娘是要提醒老人，但她显然觉得这样说有点不够好，低声地对他说了一句：请原谅。

坐得好好的谭老师突然站了起来，几乎是扑到了阎森身上。小森？你是小森呀？她叫了一声，眼泪就流了出来。他也抱住了老师。他闻到老师身上有一种带着苦味的皂荚的清香。很久以前，他也常从母亲身上闻到这种气息。背对着那个端茶的姑娘，他的泪也流了下来。

有些事是他大了几岁之后才知道的。比如，他到外地上初中的时候，才从一个也在猕猴村小学上过学的同学那里得知，谭老师一辈子没有嫁人。他就此问过父亲，老实巴交的父亲只是嘿嘿笑，什么也没说。他还问过母亲，母亲说，谭老师把学生都当成了自己的孩子。那个时候，他们的村子已经从山里搬到了平原上。原来山里有好几个自然村，每个村也不过几十个人，后来大都搬了出来。有两三个挨得很近的村子没有搬，它们后来就统称为猕猴村。不管怎么说，谭老师的孩子是越来越少了。据说，谭老师当姑娘的时候，曾经和在这里打过仗的中年人好上了。那个人后来要么死了，要么当了官，反正出去就没有再回来。这山里原来并没有姓谭的人家，谭老师的口音也和当地人不一样，可见她也是从外边来的。

在和谭老师谈话的时候，他的这些记忆就像干枯的种子发了芽一样，慢慢拱了出来。谭老师一直在说这些年都有哪些人来看过她。小庚来过，小庚现在有出息了，当了副县长；黑蛋来过，黑蛋现在变白了；小霞和小建来过，小霞没有再生双胞胎，二马也来过。这里成了旅游区之后，有时一星期能来好几个。她还说了好多人，他有些记得，有些不记得，以前也不一定认识，因为他们之间可能会差几届。二马他倒是有印象。二马是大前年从大学毕业的，分到了汉州，不知道从哪里得知了他的身世，弄到了他的地址，提着一网兜核桃来找他，说想调到手下干干。可是没过多久，二马就出事了，开车撞死了一个妇女。

他们一回来，就要给村里放一场电影。谭老师说。

我也可以放一场电影呀。他对谭老师说。

谭老师又提起他小时候喜欢坐第一排，大学毕业之后把父母接到了城里。坐第一排的事他确实没有记忆，但父母从来没有去过汉州，他是记得的。大学毕业那一年，他的父母想进城看看他，他当时刚和女朋友吹掉，心情不好，没工夫陪他们，就没让他们来。他当然没想到，那时候，父亲的病已经很重了，再后来，他的母亲因为悲伤过度，也死掉了。如果老师不提这事，他就把这事给忘了。

一个精瘦的男人，突然出现在了门口。他站在那里，朝房间的某个地方望着，但目光却是发虚的，视而不见的样子。然后他一屁股坐到了门槛上，掏出烟抽了起来。没拿烟的那只手，有两根手指配合着，在那里捻来捻去。谭老师让他进来坐，他也不理。这时候，那个姑娘从教室里跑了出来，对那个男人赔起了笑脸。

黑羊，柴挑过来了？谭老师问他，可叫黑羊的男人却头也不回地朝门口走去了。

你不认识黑羊吧？他是黑蛋的哥哥。谭老师说着，就跟着黑羊走了出去。黑羊走得很快，转眼间就出了柴门。阎森突然想了起来，他的一个小学同学就叫黑羊。他笑了起来，没错，黑羊的弟弟叫黑蛋，弟兄俩统称羊蛋。他还想起来，羊蛋的父亲叫他们的时候，并不叫羊蛋，而是在他们的名字后面加一个"噢"字，叫他们羊噢，蛋噢。

黑羊现在已经离柴门很远了。一条被磨

得发亮的小路上，放着一捆柴禾。但最早引起阎森注意的，并不是那捆柴禾，但最早引起阎森注意的，并不是那捆柴禾，而是两只猴子。有一个猴子卧在柴禾上面，一边东张西望，一边在两腿之间乱抓；另一只猴子舞着一根树枝，上面还残留着几片暗红色的叶子，它的动作活像京剧演员在舞台上原地表演策马狂奔。待黑羊走近的时候，那两只猴子离开了柴禾，悠闲地爬上了路边的一个大圆石头。

阎森走过去，递给黑羊一支烟，问黑羊还认不认得他。黑羊将他打量了一番，突然说：我日你妈。阎森的眉头一下子皱了起来，一时不知道说什么好。过了一会儿，他才意识到黑羊是在骂那两只猴子，因为有一只猴子捡起一个石块，正要朝这边扔过来。谭老师走了过来。她对黑羊说：黑羊，这是阎小森啊。

黑羊再次打量他一番，脸朝着别处说：也太不像话了，黑羊不是随便可以叫的，他该叫我一声叔。

如果谭老师不说他是黑羊，阎森问路要是问到他，倒真的可能叫他一声叔叔。黑羊看上去确实见老了，乱糟糟的头发和参差不齐的胡子已经变得灰白，就像是五十开外的人。阎森虽然也有许多白发，那黝亮的头发是染发香波的功劳，但他相信，即便他不染发，他也不可能像黑羊同学这样苍老。

　　他重复了谭老师的话，说自己是阎小森，并再次递给黑羊一支烟。黑羊翻着眼，只露出眼白，想了好一会儿，突然朝着他的肩窝捅过来一拳。但那一拳没有捅到阎森，在接触到阎森的那一刹那，黑羊的拳头突然停住了，又收了回去。我日你妈，黑羊低声地说道，我日你妈，你是小森啊，我还得管你叫哥哩。接着他就拉住阎森的袖口，说他已经给学校砍了十捆柴禾，可学校还没有给他一分钱。你说说，她说话不是放屁？黑羊指着谭老师征求阎森的意见。

　　谭老师还想给黑羊解释，阎森就把钱包掏了出来。他从中抽出了两张百元钞票，递给黑羊。黑羊只接了一张，对着太阳照着上面的领袖头和水印，然后装进了屁兜。

中午饭他是在小学里吃的。谭老师问他想吃什么，他脱口而出他想吃面蒸红薯叶。那个姑娘给学校做了捞面条，然后又专门为他蒸了一大碗红薯叶。和饭店里的没什么两样，总之一点也不可口，阎森不由得怀疑起自己是否记错了，舌头的记忆是最靠不住的。他又想起来黑羊的卑贱和粗鲁，想起自己当时有过的一阵冲动。是的，当黑羊说谭老师的话是放屁的时候，他真想扇他两巴掌。可是过了一会儿，当谭老师又说起了黑羊，他除了唏嘘，就再也发不出别的声音了。谭老师说，黑羊实在是太可怜了，死了老婆，弟弟黑蛋大学毕业之后很少回来，说黑蛋现在变白了。谭老师的最后一句话，让他一时感动不已。她说，她没有给别人说过，没把钱交给黑羊，是想替他把钱攒下来，过两年好歹给他说个媳妇儿。

这天下午，谭老师要陪他去看猴，他谢

绝了。他想一个人走走。谭老师告诉他，看猴的那个人叫根宝，也是他的同学。谭老师将他送了很远，他说他还会来看她的，她才停下来。就在他要走开的时候，谭老师突然指着山沟里的一摊水，问他是不是还记得小庚，说有个同学差点在那里淹死，后来让小庚救了上来。他说他不记得了。谭老师说，你怎么能不记得呢，这事好多人都知道的。水结冰了，可小庚还是跳了下去，把同学托了上来。同学家里很穷，吃了上顿没下顿，小庚第二天又去逮了螃蟹，让那个同学烧着吃，可那个同学不懂事，拿着螃蟹到处吓唬女同学。我把那个同学打了一顿，打得他从此学乖了，再也不敢随便捣蛋了，谭老师说。

哪跟哪啊，别的事我可能记不起来了，但这件事我是忘不掉的，因为掉进沟里的就是我。也不是跟前这条沟，那条沟离这里还有几百米远呢。阎森知道老师又说乱了。他本来想纠正她，但最后他笑了笑还是走开了。

后来，他还是见到了久违的猕猴群。大概有十几只，在稀疏的树丛中跑过来跑过去，红脸，红屁股，有几只小猴的颜色还没有变过来，还是白色的，就像是弄脏的小雪人。它们比他记忆中的要小一圈——小时候，他总觉得那些猴子很大，像是些小人似的。他现在站在离那片树丛二十米开外的地方，背后是一个悬崖似的陡坡。他正想着，从那里跳下去，死了也就死了，不会有人知道，突然听到了猴子叽叽乱叫的声音，接着，他就看到了那群猴子。那群猴子也看见了他，一只老猴爬上了树冠，然后又荡到了另一棵树上面。他蹲下来看着它们，就像在回望自己的童年。

没过多久，他听到了一阵喧嚣，是人的喧嚣。不用想，他就知道是又一批游客来了。那群猴子一听见人声，就安静了下来，它们或蹲伏在地，或贴着树枝不再乱动，就像是在青纱帐里隐蔽的战士。他听见旅游者在和一个当地人讲价，要他把猴子引出来。他想，那个当地人大概就是谭老师提到的根宝。

一声唿哨过后，那群猴子立即撅着屁股站了起来，整装待发的样子。有一只猴子还扭过脸看了他一下，好像是在问他要不要和它们一起出去。第二声唿哨起来的时候，那群猴子一跃而起，又蹦又跳向树丛的那一面跑去了。这一幕他只是在传说中听过，还从来没有亲眼见过。他本来是躺在地上的，现在他站了起来，想穿过树丛，到那边瞧瞧。可他刚走进树林，就听见有个人高声喊叫，说他的照相机被猴子抓跑了。另有一个女人一边笑一边说，她的红纱巾也被抓跑了。他没有看见那两只猴子，但他听见了猴子在树丛中穿行时发出的声音。

等他好不容易穿过树林来到那边的山坳里的时候，游客都已经散去了，猴子也跑得无影无踪了。一些糖纸、油迹斑斑的面包纸、塑料袋，贴着乱石和草皮飞舞着，这时突然来了一股小旋风，几个塑料袋立即旋转着腾空而起。有一只塑料袋斜着飞到了他的身边，差点挂到他的耳尖上。阎森发了一会儿愣，渐渐感到了左耳的疼痛，并在那里摸到了一点血。他想，那肯定是被树丛刮破了。他还感到有股子臭味一直跟随他，慢慢才嗅出那股臭味来自他的裤管。那里沾了一团猴粪。由于猴子们常吃旅游者带来的奶油面包和水果，那些东西就像人屎一样黏糊而且臭气熏天。

　　他看到了一个人，那人正盘腿坐在一个石头上，沾着唾沫数着手中的钞票。钞票并不算多，所以那人一会儿就数了好几遍。他猜那人一定是根宝。大概是和猴混在一起的缘故，根宝看上去活泼好动，在数钱的过程中，还不停地搔搔这里抓抓那里。不过，他的穿戴倒是很齐整，敞开的茄克衫里面露着一条黑白相间的领带。在他胡乱抓搔的间隙，他看上去还有点神定气闲，就像个乡一级人大代表。

　　他没有上前打招呼。他想，经过一番解释，根宝即便能认出他来，两个人又能谈些什么呢？

　　他挑了一块比较平整的石头坐了下来，顺便将放在石头上的矿泉水瓶子扔了很远。这个山坳他应该是比较熟悉的，因为这里的每一个山坳都应该留下过他的足迹，但他现在的熟悉感却和自己的童年无关。这些年他到过许多旅游区，每一个旅游区给人的感觉都是大同小异，他现在的熟悉感就来自于此。

　　他很快就回来了。回到宾馆，他突然想尽快离开此地，但离开之后再到哪里去，他却没有想好。他想，等上了车，车自然会把他带到某个地方，就像车已经把他带到这个地方来了一样。这么一想，走的冲动一时间就变得非常强烈。关上门，来到楼梯口的时候，他想起来自己的外套还挂在房间的墙柜里。他只好让服务小姐再替他开一次门。

　　回到房间里，他才发现外套挂在卫生间里，摸上去潮乎乎的，有一个袖口都能拧出水来。继之，他又发现自己的电动剃须刀还接在镜子旁边的插头上。他拔下剃须刀，鼓起腮帮刮起了胡子。刮胡子的时候，他还不时地摸一下外套，好像它很快就会干掉一样。他还盯着下巴尖内侧的一根长胡子看了半天，想着以前怎么没注意到那里还留着一根。它是什么时候长出来的，色怎么有点黄？人的胡子会变黄，但鼻毛却一直是黑的，这是怎么回事？他正皱着眉头想着，突然发现自己已经把它拽了下来。

等他从卫生间出来，天已经快黑了。他干脆拉开窗帘，隔着玻璃看起了窗外的暮色。就在这个时候，房间里的电话响了。他怎么也没想到，竟然是谭老师打来的。老师兴高采烈，电话里的声音听上去就像是个少女。她让他赶快下来，说她在楼下等着他呢。

楼下的大厅里，谭老师身边还站着一个女人。那个女人看见他，朝他笑了笑。谭老师拉着那个女人，对他说，她是潘晓，是他的同班同学。

潘晓，你好。他上前握住了她的手，同时，他却想着谭老师又搞错了，因为他不记得同学中有人叫潘晓的。不过，这不要紧，不是同学更好，要紧的是她长得不错，看上去像个有身份的人。在和她握手的时候，他瞥了一眼她开的很低的领口。那下面的乳房一定是非常饱满，这样一个念头在他脑子里闪了一下。她似乎也注意到了他的目光，但她一定觉得那没有什么不妥，因为她顺便又将胸脯挺了一下，像是示威。

　　坐到一个小包间里的时候，叫潘晓的女人和谭老师一直拉着手在说话。谭老师把谁来看过她一类的话，又向潘晓重复了一遍。谭老师每提到一个名字，潘晓就点点头，同时拍拍谭老师的手，表示那些人她都还记得。在那些名字当中，还出现了阎小森，好像他并不在现场似的。阎森一边喝茶，一边偷偷地笑了起来。她还提到了一个叫小小的人，说小小真是个乖孩子，那么有出息，还没有忘记老师。这时候，潘晓吻了谭老师的腮帮，说她以后还会来的。她的动作让谭老师有点不好意思，但谭老师仍然很高兴。阎森正帮侍者挪着桌子上的一个菜盘，听到这里，他才意识到这个潘晓其实就是小小。他想起来了，当初他从潭子里抓的那两只螃蟹，就是塞到她的领口里的。他看了一眼潘晓。他发现潘晓也在看他。潘晓顺便告诉他，她下午来的时候，打电话叫了一个电影的放映员，现在电影正放着呢。

什么好片子啊？他问。

一部《重庆谈判》，一部《挺进大别山》。潘晓说。

潘晓让我给村里的人说，电影是你请来的。谭老师说。

我也正想着这事呢，阎森说。他表示放映费应该由他来出，还说他可以给谭老师留下一笔钱，以后想看就看。

您看您的学生多大方，潘晓往谭老师面前夹了一只虾，对谭老师说。谭老师一高兴，就又把那只虾夹给了阎森。

菜还没有上齐，主食就端上来了，是绿

豆面条。谭老师说饭一凉就不好吃了，催他们赶快吃面。谭老师倒比他们吃得还多，吃完之后，幸福地打了一个饱嗝。见谭老师放下了碗筷，他们也不好意思再吃了，于是满桌菜几乎原封不动留了下来。阎森正担心谭老师批评他们浪费，潘晓叫来服务员，将它们全都装进了塑料袋。她让服务员把菜放进冰箱，明天早上送给学校的孩子们吃。

他们送谭老师回村。一出宾馆，他们就听到了炮火连天的厮杀、喊叫。银幕扎在离小学不远的两棵树之间，正反两面稀稀拉拉地坐了几十个人。谭老师说，第一部片子放完了，她要说两句话。他们问她要说什么，她说，她得告诉这里的人，电影是他们两个请来的。他们连忙制止了她，说这都是应该的，不要影响大家看电影。黑暗中有人给谭老师递过来一把椅子，谭老师就势抓住那人的手，告诉他电影是这两个人请来的，他们就是阎小森和潘小小。那个男的听了没什么反应，过了片刻，突然把自己的烟锅递给了阎森。来一口，来一口。那人说。阎森接过烟锅在手里放了一会儿，还给了对方。这时候，阎森白天在学校见过的那个姑娘过来了，手里还搬着一只小凳子。她把凳子放到他们面前，然后蹲到了谭老师身边。她看了一会儿电影，就偷偷地看一眼他和潘晓，期间还把一块石头推到阎森跟前，意思是让他坐下来慢慢看，但她一直没有和他们说话。

没过多久，谭老师就睡着了。阎森立即感到如释重负，潘晓好像也是。当阎森问潘晓想不想走的时候，潘晓诡秘地笑了笑，凑过来低声说道：老太太怎么办？阎森指了指那个姑娘，让她给她打个招呼。

逃离那个地方，来到了对面的半坡上的时候，他们突然听到树上有什么东西在叽叽乱叫。镰刀似的月亮悬在空中，将那些晃动着的树影照得虚白。阎森一时有点紧张，站在原地不动了。潘晓捂着嘴笑了起来，告诉他那是猴子们扒在树上看电影。潘晓从包里掏出手电筒朝树上照了照，阎森也没有闲着，他拣起一块石头，朝树扔了过去。潘晓也扔了一块石头，因为用劲过猛，她差点跌倒在地。阎森眼明手快，将她抱住了，一只手刚好摸到了她的领口的敞开处。她稍微扭动了一下，似乎是要从他的怀中挣脱，但扭动的结果是他的手不由自主又往下滑了一下，并且使他抱起来更加方便了。她的手电的灯光在地上扭了一圈，接着胡乱晃动了起来。他正要提醒她，她自己把它关掉了。

他们就那样抱着，像取暖似的越抱越紧。阎森把下巴抵在她的肩窝，同时伸出舌头舔了舔那个地方。当他抬起眼的时候，突然看到有一团黑影卧在不远处的一块石头上。他想，那一定是两只猴子在看他们。这倒是他和女人的交往史上从来没有出现过的情景。于是，他抱着她，转了一圈，让她也可以看到那只猴子。她果然也睁着眼睛，果然也看到了。

抬头望月。她突然说了一声。

你说什么？再说一遍让我听听。他说。

抬头望月，那块石头是抬头望月。她说。

这回他听清了，但他不知道她是什么意思。

坐下来，面对着那块石头和石头上的影子，他们犹豫了一下，然后重新抱到了一起。当他的手绕过她的肩，落到她的胸前的时候，她的一只手也很自然地放到了他的腿根。过了片刻，他以为自己那个地方会硬起来，但出乎他的预料，那个地方一点都没有反应。起初，他还有点不相信，借拉她的手的机会，他把自己的手颠倒她的下面，用手背按了按那个地方，发现那里果然没有凸起，一按就塌了下去。她的乳头倒是变得像豆子一样坚硬。不过，当他的手点完烟，再回到那个地方的时候，就感觉到它像疣子似的，又软下来了。

你说什么，抬头望月还是水中捞月？谁水中捞月？他问她。

她向他要了一根烟点上，说她或者别的同事每过一段时间就要来这里一次，为的是给旅游区的树与石起个名称，造个典故。刚才，她灵机一动，觉得那块石头可以叫作抬头望月石。意思是有一只聪明的猴子经常会卧倒在那块石头上面，抬头望月，久而久之，那个猴子就变成了一块石头。三峡岸边的那个神女峰，不就是这样造出来的吗？她说，她现在在文化馆工作，大小也算是个官，以后有事可以找她。

他们朝那块石头走了过去。到了才发现，上面并没有猴子，二十一块模样有点怪的石头。潘晓用手电筒将它来回照了几遍。她很失望，以为它并不太像猴子，倒像是一个烧剩下的树根。靠着那块石头，他们又抱了一会儿。他用开玩笑的口气，问她还记不记得他把螃蟹塞到领口里的事。她说，她一看见他，就想起了那件事。后来，他们的舌头就搅到了一起。他慢慢感到自己的身体有点反应了。

就在这个时候，他们听见了谭老师的从话筒里传出来的声音。谭老师说，电影是阎森和潘晓给放的。阎森是谁呢？就是阎大郎的儿子小森呀。潘晓是谁呢？潘叫天的闺女小小呀。

你爹就是阎大郎？我差点忘了。他现在还好吧？阎森说，好什么呀，都已经死好几年了，你爹呢？潘晓说，我爹倒还活着，不过说不上好，都瘫痪好多年了，撑一天算一天。

他们没有在那里多待，电影散场之前，他们从村里走了出来。在墙边的树丛里，突然闪出来一个人影，把他们吓了一跳。阎森认出他就是白天见过的根宝，他认识潘晓。他拦住她，一边叫她小小，一边指着阎森问小小，这家伙是不是阎小森。根宝，黑天半夜了，你藏在这里干什么？

根宝似乎懒得解释。他拉着他们钻进了树丛。在那里，根宝从树叶当中刨出来一个照相机，让他们随便给一个价。接着，他又从身上摸出几块布，在他们面前抖开了。那是几块纱巾，在潘晓的手电的照射下，它们闪烁着各种色彩。他把那些东西塞到他们手中，然后蹲到了一边，好像是要给他们留下思考的时间。

第二天早上，天快亮的时候，入睡不久的阎森被一阵敲门声弄醒了。他想着那肯定是潘晓。他赶快爬起来，到卫生间梳了梳头。打开门之后，才发现外面站的是黑羊，黑羊背着一个大得出奇的黑包，一进来磕头便拜。他说，他想进城打工，但不认识路，求他把自己带走。阎森觉得好笑，问他除了砍柴，还会什么手艺。黑羊说，只要进了城，别的不用他管，搞得阎森哭笑不得。经过这一番折腾，他现在是一点睡意都没有了，只是感到脑仁在隐隐作痛。

他捂着被子想着怎么才能把黑羊支走，还没等他想出个眉目来，黑羊已经枕着那个大包打起了呼噜。这个时候，阎森还不知道那个包里装的是一只五花大绑的猴子。临出门的时候，他曾发现那个包好像动弹了一下，但他以为那是自己没有睡好，出现了幻视。

车刚刚开出停车场，又迅速停住了。几

名公安人员跳了上来，从他和黑羊坐的那排座位底下拎出了那个大包。当着他的面，那个包被打开了，里面露出来一只五花大绑的猴子。他和车上的人一起惊叫了起来，但他的惊叫随即引来了公安人员的鄙视。那只猴子已经死去了。所以公安人员就把捆猴子的尼龙绳，用到了他的身上。他们没捆黑羊，因为他已经吓得昏了过去。

　　这天下午，当谭老师和潘晓来看他的时候，他已经交代那猴子是他出钱雇人逮的，并在审讯笔录上签上了自己的大名。他听见公安人员在向谭老师和潘晓夸他，说他配合做得很好。